# チビにいちゃんと馬のロッタ

文　エディス＝ウンネルスタッド
訳　小宮 由
絵　さこ ももみ

# もくじ

# 1　チビにいちゃんの　ねむれぬ夜

ここは、ラルソン一家《いっか》が住《す》んでいる、スウェーデン、ノルシェーピング、西セント＝ピーター通りにある、ふるいマンションです。

チビにいちゃんは、七人《しちにん》きょうだいの下から二ばん目で、五さい。なまえは、パトリックといいます。すえっ子は、O《オー》ちゃんで、三さいです。上の五人《ごにん》のきょうだいは、上から、ねえさんのデッシ、ミッレ、ロザリンダ、それから、にいさんのラッセと、クヌッテです。

ある日の夕方《ゆうがた》、家のなかが、焼《や》きたてのパンのいいかおりで、みちていました。ママが、ツビーバック（訳注《やくちゅう》：カリカリになるまで焼《や》いた、うすぎりの甘《あま》いパン）を焼《や》いていたのです。

ママの焼《や》くツビーバックのおいしさは、ことばでは、うまく説明《せつめい》できません。じっさいに食べて

みないと、わからないくらいです。かたちは、ほそながく、表面《ひょうめん》は、黄金色《こがねいろ》で、カリッとしているのですが、口にいれると、とろけるほどのやわらかさなのです。ひとつ食べれば、それでもうじゅうぶんという人は、だれもいないでしょう。

　ばんごはんのあと、みんなは、そのツビーバックを、すこししか食べられませんでした。というのも、そのとき、つかえたフライパンが、ひとつしかなく、そのうえ、ツビーバックは、焼《や》いたあと、しばらくさまさないといけないので、一度《いちど》に作れる量《りょう》が、それほどおおくなかったのです。「いま、作った分は、さめるのに、まだ時間《じかん》がかかるわ」と、ママはいいました。「これから、ひとばんおいて、またあした、食べましょ」

　そのあと、チビにいちゃんは、ベッドにはいりましたが、よこになりながらも、ツビーバックのいいかおりを、クンクンと、かいでいました。O《オー》ちゃんは、もうとっくにねむっていて、にいさんやねえさんたちも、部屋《へや》にはいってねていました。

　チビにいちゃんと、O《オー》ちゃんの部屋《へや》である〈ニワトリ小屋《ごや》〉（いつもさわがしいので、家族《かぞく》からそうよばれているのです）のまどから、まるくてきれいな月が見えました。月は、ママがだいじにしている銀《ぎん》のお皿《さら》にそっくりでした。

「ツビーバックは、あの銀《ぎん》のお皿《さら》にのってたな。あぁ、はやく食べたいなぁ」チビにいちゃんは、なんだか、おなかがすいてきました。

部屋《へや》のとびらが、すこしあいていたので、ママとパパの話し声がきこえました。ふたりとも、まだ、ねむっていないようです。でも、そのうち、電気《でんき》もきえて、家じゅうが、しずかになりました。チビにいちゃんは、うとうとしてきました。

ところがそのとき、庭《にわ》からものすごい音がして、チビにいちゃんは、目をさましました。それは、ねこのなき声でした。ここのところ、ねこたちが、まいばんのように、庭《にわ》でさわいでいたのです。

「ニャ――――オ――――ウッ！　ニャ――――オ――――ウッ！」

クロの声です。ちかごろのクロの生活《せいかつ》は、昼と夜が逆転《ぎゃくてん》していました。夜になると、こっそり家をぬけ出して、朝まで帰ってこないのです。だからといって、家にとじこめておくわけにもいきません。ねこにだって、つめをといだり、さんぽをしたりと、いろいろやることがあるからです。

「ニャ――オ――ウ……ニャ――オ――ウ……シュ――――ッ!!」

どうやら、ねこどうしで、けんかをしているようです。ほんとうに、ひどい声です。おこっているような声や、ないているような声が、あたりにひびきわたりました。

「ワォ、ワォ、ワ——ォ……シュ——ッ!!」

いったい、どんなけんかをしているのでしょう?

きんじょには、四ひきのねこがいました。チビにいちゃんちのクロと、レストランのところの大きい白ねこ、それから、プリンスという赤毛《あかげ》のねこと、ベラおばさんちのペルソンです。

ベラおばさんというのは、同じマンションの一階《いっかい》で、クリーニングやさんをしている、ママのいもうとです。

チビにいちゃんは、四ひきのことを、ぜんぶしっていました。そして、ふだん、そのねこたちは、みな、いいねこなのですが、さいきんは、ちょっとようすがへんでした。

耳がとおい大家《おおや》さんのブリマーおばさんをのぞいて、みんながいうには、ひときわ大きな声を出しているのは、クロだということです。どうやら、クロが、一番《いちばん》たちのわるいけんか屋《や》らしいのです。ふだんは、とてもいい子で、小さな声でないたり、ゴロゴロのどをならしたり、きげんよくあそんだりしているだけなのに。

ところが、さいきんは、毛が、まいちるほど、けんかをするし、耳や鼻《はな》に傷《きず》を負《お》って、家に帰ってくることもあります。でも、その傷《きず》は、ほかのねこよりもましで、ほかのねこたちは、もっとひどいケガをしていたのでした。

ママは、家族《かぞく》のみんなに「クロは、きんじょで、きょうふのまとよ」と、いっていました。

「ニャオ、ニャオ、ニャ――オ……シュ――ッ!!」

パパが、自分《じぶん》たちの部屋《へや》のまどをあけ、わらって、ママにはなしかける声がきこえてきました。

「おい、しんじられるかい？　四ひきそろって、馬小屋《うまごや》のやねにいるよ。へんなことしてるなぁ」

「ほんと？　わたしも見てみる」という、ママの声もしました。

そうなると、チビにいちゃんも、ベッドにいられなくなって、自分《じぶん》の部屋《へや》のまどのところへいって、外を見てみました。

ほんとうです。ねこが四ひき、馬小屋《うまごや》のやねにいました。月あかりのおかげで、どれが、クロだか見わけることもできます。クロのとなりに、レストランの白ねこがいました。

そのとき、すわっていたクロが、立ちあがりました。そして、ぐっとかがみこむと、レストランの白ねこにとびかかっていきました。なんというたたかいでしょう！　もつれあう二ひきは、まるで、さけび声とうなり声をあげる、まるいかたまりのようでした。

すると、あちこちの家のまどがあいて、ねこの名まえをよんだり、おいはらおうと、さけんだりする声がしました。でも、ねこたちは、まったくきいていないようです。

「クロ！　おいで！」と、ママがよびました。

「ほら、クロ！」べつのまどから、ロザリンダがさけぶ声もしました。

一階《いっかい》のベラおばさんの部屋《へや》のあかりがついて「ペルソン、もどっておいで！」という声もしました。

きんじょのだれかが、ねこたちにむけて、バケツの水をあびせました。でも、水は、ねこたちにとどかず、下の階《かい》の頭を出していた人にかかってしまいました。

あたりは、たいへんなさわぎになりましたが、チビにいちゃんは、ワクワクしてきました！

ねこたちは、やねの上で、すこし、きょりをとりました。クロは、生傷《なまきず》をなめながら、ときどき、いかくするような声を出しています。

そのあと、ねこたちは、月にむかって声をあげはじめました。でも、ペルソンだけは、ないていませんでした。

「オォ――イィ――……アァ――ウッ!!」

チビにいちゃんは、おもわず、大きな声でわらってしまいました。あかるい月と銀色《ぎんいろ》にかがやく星《ほし》の下、まどべでねこのコンサートをきくなんて、なんてたのしいのでしょう。

ところがそのとき、プリンスが、レストランの白ねこのわきを、するりとぬけて、クロにむかって、とびかかっていきました。クロは、ふいをくらって、よけるひまもなく、ぐらりとかたむくと、二ひきは、からみあったまま、まるでボールのように馬小屋《うまごや》のきゅうなやねをころがって、地面《じめん》におちていきました。

チビにいちゃんは、おもわず「あっ！」と、声をあげました。

クロが、おちてしんじゃった、とおもったのです。チビにいちゃんは、すぐにまどをあけられず、まどガラスを、バンバンと、たたいてさけびました。

「クロが！　ママ！　パパ！　クロが、おちてしんじゃった！」

チビにいちゃんは、やっとカギをひきあげ、まどをあけて、身《み》をのり出しました。すると、地面《じめん》で、二ひきのねこが、すこしふらふらしながらも、また、とびかかっていきました。

そのとき、とうとうベラおばさんが、庭《にわ》へとび出してきました。そして、クロの首のうしろをつまみあげると、マンションのなかにつれていってしまいました。と、どうじに、チビにいちゃんも、うしろから、だれかに、パジャマのえりくびをつかまれました。ふりかえってみると、それは、パ

パでした。

「おい、パトリック」と、パパがいいました。「おまえも、庭《にわ》にころげおちようとしてるのかい？　おちてもへいきなのは、ねこだけだぞ。子どもがおちたら、大けがをする。まどから、身《み》をのり出してはいけないってこと、わすれてないだろうね？」

「うん」と、チビにいちゃんは、こたえました。

まえから、そういうやくそくをしていたのです。

「それで？　なんで、おまえは、ベッドにいないんだ？」

「ねこが、見たかったから」

「だが、ひとりのときに、まどをあけちゃだめだ、という、やくそくもしていただろ？　わすれてないよな？　それに、もう、とっくにねてなきゃだめな時間《じかん》だ」

「ねこの声がうるさくて、ねむれなかったんだよ。おなかもすいちゃったし」

「ん？　それは、ツビーバックが食べたいってことか？」

「そう」チビにいちゃんは、ためいきまじりにいいました。「ねえ、あれからだいぶ時間《じかん》がたったよ。だったら、もう食べられるんじゃない？」

「そうではあるが……」パパは、ちょっとかんがえこみました。「よし、じゃあ、ひとつか、ふたつ、食べてみるか？」

「いいの？　やった！」チビにいちゃんはそういって、パパにだきつきました。「じゃあ、ママに気づかれないように、そっと台所《だいどころ》にいこうよ」

「よし、そうしよう」と、パパもいいました。

と、そのとき、となりの部屋《へや》から、ママの声がしました。

「あら、そうなの？　じゃあ、わたしにも、いくつかもってきてちょうだい」

「きいてたの！」チビにいちゃんは、小声《こごえ》でわらいました。

「そういうことよ、おふたりさん」と、ママはいいました。「わたしのには、バターをぬってきてね。あと、牛乳《ぎゅうにゅう》もコップ一杯《いっぱい》、おねがい」

「わかった。そうする」と、パパはいいました。

「ぼくたちが、もってきてあげるね」チビにいちゃんも、はりきっていいました。

ところが、台所《だいどころ》へいったふたりは、びっくりして、おもわず立ちつくしてしまいました。しまもようのパジャマの群《む》れが、台所《だいどころ》のなかにあふれていたのです。それは、ラッセとミッレとデッシとクヌッテとロザリンダでした。みんなは、テーブルにあるツビーバックのまわりにあつまっていたのです。

「おやおや、なんてことだ」と、パパはいいました。

「パパ！　あっ、それに、チビ！」と、クヌッテがいいました。「あれ？　パパたちも、おなかすいたの？」

「あたしたち、ねこの声がうるさくて、ねむれなかったの」デッシが、気まずそうな顔でいいました。

「クロは、いいねこなのにな」と、ラッセ。

「あした、ツビーバックがへってたら、ママ、おこるかな？」と、ロザリンダがいいました。

パパは、わらってこたえました。

「ママの分は、バターをぬるそうだよ」

「それに、牛乳《ぎゅうにゅう》もね」と、チビにいちゃんはつけたしました。

「えー！　ぼくも！」「わたしも！」と、みんなもいいだしました。

　そして、みんなは、ツビーバックにバターをぬって食べ、牛乳《ぎゅうにゅう》をのみました。

　と、そのとき、台所《だいどころ》のとびらが、トントンとなりました。あらわれたのは、ベラおばさんでした。

「ほら、おたくのみじめなねこですよ」ベラおばさんは、そういって、だいていたクロを

ゆかにおろしました。「ここのあかりがついてたから、つれてきたの。あら？　いいにおい。おかしでも作ってるの？　こんな夜中《よなか》に？　まあ、パトリックまでおきてる」

「そうだよ」チビにいちゃんは、にっこりしました。

「あなたたちって、おかしな家族《かぞく》ね！」と、ベラおばさんはいいました。

「どうにも、おなかがすいてしまって」と、パパがいいました。「どうです？　バターをぬったツビーバックを、おひとつ」

「ええ、いただくわ」と、ベラおばさんはいいました。

そうして、みんなは、いすにすわって、また食べつづけました。

「ぼく、おとなになったら、まいばん、ツビーバックを食べようっと！」チビにいちゃんは、口をいっぱいにしながらいいました。

「そんなことしたら、おまえ、腹《はら》がふくれて、はれつするぞ」と、クヌッテがいいました。

「そんなことないもん」と、チビにいちゃんはいいました。

台所《だいどころ》のとびらのまえで、クロが「ニャーオ！」と、なきました。

「あの、いたずらっ子、また外に出たがってる」と、ベラおばさんがいいました。「あの子も、そのうち、はれつしちゃうかもね」

「そんなことないよ」と、チビにいちゃんがいいました。「だって、やねからおちてもへいきなんだもん。クロ、おいで！　ほら、おまえにも、すこしやるよ」

「さ、もうじゅうぶんだ、パトリック」と、パパがいいました。「そろそろ、ねよう」

「ぼく、ねむくない」チビにいちゃんは、そういいながら、大きなあくびをしました。

ラッセは、チビにいちゃんをおんぶすると、ベッドまで、はこんでくれました。

すると、とおくからママの声がしました。

「ねぇ、わたしの分は、まだー？　もってきてくれないんなら、わたし、もうねちゃいそう……」

「ほら、もってきたよ」と、パパがこたえました。「四つもってきたけど、たりるかな？　それと、ほら、牛乳《ぎゅうにゅう》」

「やれやれ」と、ママはいいました。「あした、台所《だいどころ》を見るのが、たのしみだわ」

# 2　チビにいちゃんと　けっこんしき

夜おそくに、ツビーバックを食べたつぎの日、チビにいちゃんは、庭《にわ》で、友だちのペッレ＝イエーランとあそんでいました。でも、ペッレ＝イエーランが、家に帰ってしまったので、チビにいちゃんは、ベラおばさんのところへいきました。

ベラおばさんの部屋《へや》のチャイムをならしましたが、ベラおばさんは、そのとき、クリーニングのお店のほうにいて、さらに洗濯機《せんたくき》がまわっていたので、チャイムの音に気がつきませんでした。

でも、カギはかかっていなかったので、チビにいちゃんは、そのままなかにはいりました。日ごろから、ベラおばさんの部屋《へや》には、自由《じゆう》に出入《でい》りしていたのです。ほかの子どもたちも、そうしていましたが、とくにチビにいちゃんは、よくあそびにきていました。

チビにいちゃんは、まず、げんかんで、よごれた長ぐつをぬぎました。ベラおばさんの部屋《へや》は、いつもきれいだったからです。そして、台所《だいどころ》へいきました。チビにいちゃんは、台所《だいどころ》の一角《いっかく》に、自《じ》分《ぶん》の遊《あそ》び場をもっていたのです。

そこには、砂糖《さとう》がはいっていた、大きなあき缶《かん》がおいてあって、そのなかには、チビにいちゃんのたからものがはいっていました。つみ木、トンカチ、くぎ、こわれた万年筆《まんねんひつ》、コショウ瓶《びん》、馬の蹄鉄《ていてつ》、糸まきの芯《しん》、バラバラになった目ざまし時計《どけい》、きれた巻《ま》き尺《じゃく》、自動車《じどうしゃ》のカタログ、さびた南京錠《なんきんじょう》などです。

ベラおばさんのねこのペルソンが、ストーブのそばで、お皿《さら》にはいった牛乳《ぎゅうにゅう》をなめていました。

チビにいちゃんは、ペルソンをなでてやりながら、あたりを見まわしました。お店から、ベラおばさんの声がきこえます。たぶん、お客《きゃく》さんと、なにか話をしているのでしょう。だとしたら、すぐにベラおばさんのところへいかないほうがよさそうです。

チビにいちゃんは、きょうはなんとなく、あき缶《かん》のたからもので、あそぶ気になれませんでした。なんだか頭が、ボーッとして、あくびが出るのです。それもそのはず、きのうの夜に、あれだけおそくまでおきていて、ねこたちのけんかを見たり、ツビーバックを食べたりしたのですから。ようするに、チビにいちゃんは、ねぶそくだったのです。

お店につうじるとびらのちかくには、たくさんの洗《せん》濯《たく》かごが、ならんでいました。かごには、洗《あら》いおわったものや、これから洗《あら》うものがはいっていました。そのなかのひとつに、しわくちゃのシーツがはいったかごがありました。きっと、これから洗《あら》うものなのでしょう。

それを見たチビにいちゃんは、いいことをおもいつきました。そのままかごのなかにはいって、しわくちゃのシーツの下にもぐりこんだのです。

「よし、これで、ベラおばさんがきたら、チュウチュウって、ないてやろ」と、チビにいちゃんはかんがえました。「そうしたら、ベラおばさん、声がするのに、なにも見えないから、きっときょろきょろするぞ。でも、じっとしてれば、ばれっこない。うふふ。まるで、かくれんぼしてるみたいだ」

その洗《せん》濯《たく》かごは、まるまったチビにいちゃんにとって、ちょうどいい大きさだったので、チビにいちゃんは、大きなあくびをすると、そのままねむってしまいました。

そこへ、お店につうじるとびらがひらいて、だれかがちかづいてきました。でも、チビにいちゃんは、ぐっすりねむっていたので、その音にまるで気がつきませんでした。

「えーっと、左のおくのふたつよ！」お店のほうから、ベラおばさんの声がきこえました。すると、ちかづいてきただれかは、チビにいちゃんがはいっている洗濯《せんたく》かごをもちあげると、お店をぬけて、通りにとめてあるトラックに、かごをつみこみました。ですが、チビにいちゃんは、それすら気がつきませんでした。

むしろそのとき、チビにいちゃんは、馬小屋《うまごや》とマンションのあいだで、宙《ちゅう》をとんでいる、というか、およいでいるゆめを見ていました。ときどき、ゆめのなかで、やねやまどにぶつかってしまいましたが、それでも、こんなふうに宙《ちゅう》をおよげるなんて、なんてすてきなんだろうと、おもっていたのです。

「Ｏ《オー》ちゃんにも、おしえてやらなきゃ」チビにいちゃんは、ゆめのなかでおもいました。「だって、かんがえてもごらんよ。世界中《せかいじゅう》で、ぼくだけなんだぞ、こんなことができるのは！　いたっ！　なんか、おでこにあたった。あぁ、こいつは、外の気温計《きおんけい》だ。ま、たいしたことないや。だって、こ

んなにたのしいんだもの！　みんな、へんだよ。こんなかんたんに宙《ちゅう》をおよげるのに、だれもやらないなんて。ほら、こうやって、ふつうにおよぐだけなのに！」

はしっていたトラックがとまりました。チビにいちゃんがはいっていた洗濯《せんたく》かごは、トラックからおろされ、どこかの建物《たてもの》のドアから、なかにはこびこまれて、階段《かいだん》をのぼり、いくつかの部屋《へや》をとおりぬけていきました。

そのときばかりは、さすがのチビにいちゃんもおきそうなくらい、かごが大きくゆれましたが、そのあと、ゆかにおろされて、またうごかなくなると、チビにいちゃんは、さらにいびきをかいてねむりつづけました。洗濯《せんたく》かごのまわりで、だれが、どんな大声《おおごえ》で、どんな音をたてても、まったく目をさまさなかったのです。

かくして、チビにいちゃんは〈ゴールドフィッシュ・ホテル〉のなかのシーツおきばにやってきたのでした。

ふだんの日だったら、ホテルの人が、ナプキンなどをとりにきて、すぐに洗濯《せんたく》かごのなかのチビにいちゃんに気がついたでしょう。ところが、きょうは、ホテルでけっこんしきがおこなわれることになっていて、ホテルの人たちは、てんやわんやだったのです。それも、きょうのけっこんしきは、とくべつ大きなものでした。

花よめ、花むこをのせた車や、出席者《しゅっせきしゃ》をのせた車が、ぞくぞくとホテルに到着《とうちゃく》しはじめました。ホテルの執事《しつじ》やウェイターや料理人《りょうりにん》たちが、ひろうえんのじゅんびのため、まるでニワトリのように、せわしくはしりまわっています。ですから、だれも、とどいた洗濯《せんたく》かごにかまっているひまなどなかったのです。おかげで、チビにいちゃんは、けっこうな時間《じかん》、すやすやとやすらかにねむりつづけることができました。

やっと目をさましたとき、チビにいちゃんは、さいしょ、シーツを頭からかぶって、自分《じぶん》のベッドでねているんだ、とおもいました。そこで、チビにいちゃんは、シーツをはねのけ、むくっと、おきあがりました。

「あれ？　どこだ、ここ？」と、チビにいちゃんはおもいました。「ずいぶんせまいところだな。それに、かべがぜんぶ棚《たな》だらけだ。こんなとこ見たことがない。どうやってここにきたんだろ？」

かべの棚《たな》には、たくさんのかごがおいてありましたが、ベラおばさんの店では、見ないようなかごばかりでした。それに、あれっ？　自分《じぶん》はいま、洗濯《せんたく》かごのなかにすわっています。服《ふく》は、そのままで、長ぐつをはいていません。はいているのは、スキー用のくつ下だけです。

「ぼくは、ゆめを見てるんだ」と、チビにいちゃんはおもいました。

そして、ついさっきまで、宙《ちゅう》をおよいでいたことをおもいだしました。

「宙《ちゅう》をおよぐだなんて、へんなゆめだったな。ありえっこないのに。あれ？　でも、あれがゆめなら、どうして、ぼくはまだ、ゆめを見てるんだ？　いまは、どれも、ほんものっぽく見えるけど……」

チビにいちゃんは、シーツにさわってみました。すると、ほんもののような手ざわりがしました。ほかのシーツもほんものっぽく見えるし、うごくと、洗濯《せんたく》かごがきしみます。

とびらのむこうから、人の話し声や、ガタガタ、カチャカチャなる音がきこえました。あと、なにかの音楽《おんがく》もきこえました。どの音も、まるでほんものみたいです。

でも、これは、どうかんがえても、ゆめです。だって、チビにいちゃんは、もうおもいだしていたのです。もし、おきているのなら、自分《じぶん》は、ベラおばさんちの台所《だいどころ》にいるはずだ、ということを。

「じゃあ、もう一回《いっかい》、ねてみよう。そうしたらまた、宙《ちゅう》をおよげるかも。こんなへんな部屋《へや》のなかのゆめよりも、そっちのほうが、ずっといいや」と、チビにいちゃんはおもいました。

そこで、チビにいちゃんは、また、洗濯《せんたく》かごのなかによこになり、シーツをかぶって、目をとじました。

「さあ、また、およぐぞ。こんなへんな部屋《へや》から、およいで出ていって、家のまどから、ぼくの部屋《へや》にはいっていくんだ」

ところが、まったくそうはなりませんでした。ただ、ずっと、洗濯《せんたく》かごのなかにいるだけだったのです。そして、だんだん、つらくなってきました。まくらはないし、シーツはごわごわしているし、かごの内側《うちがわ》でほっぺをひっかくし、なにより、洗濯《せんたく》かごが小さすぎて、体をのばすことができないのです。

と、そのとき、部屋《へや》のとびらが、ひらきました。チビにいちゃんは、すこし頭をあげてみました。とびらのまえに、白い服《ふく》に白いエプロンをつけ、天井《てんじょう》にとどくくらいの白くて長いぼうしをかぶった、背《せ》のたかい男の人がいました。

チビにいちゃんは、やっぱり自分《じぶん》は、ゆめを見ているんだ、とおもいました。だって、そうでなかったら、こんなへんな人が、きゅうに出てくるはずがありません。

「あの人は、なんだろう？　トロルかな？」と、チビにいちゃんはおもいました。「トロルって、長いぼうしをかぶってたっけ？　たしか、トロルは、とってもおそろしいやつじゃなかったかな？」

チビにいちゃんは、パッと顔をふせました。あやうく、トロルに見つかるところだったのです。

クヌッテの本では、トロルは、羊飼《ひつじか》いを、べつのすがたにかえてしまいました。もしかして自分《じぶん》も、小さなカエルとかに、かえられてしまうのでしょうか？　ああ、いま、ここに、パパか、ラッセが、いてくれたら！

チビにいちゃんは、ブルッと、ふるえました。カエルになんか、なりたくありません。でも、外のようすをうかがわずには、いられなかったので、かごの小さなあなからのぞいてみました。

すると、背《せ》のたかいトロルが、とびらをぜんぶしめずに部屋《へや》を出て、べつの大きなとびらのほうへあるいていくのが見えました。

「あのトロルは、ここでなにを見てたんだろう？　それに、あっちのとびらには、なにがあるんだろう？」

と、そこへ、音楽《おんがく》のえんそうがきこえてきました。とってもたのしげな音楽《おんがく》です。背《せ》のたかいトロルは、チビにいちゃんに背《せ》をむけ、そのべつの大きなとびらをすこしあけ、なかをのぞきこんでいました。ここからぬけ出すなら、いまがチャンスです。背《せ》のたかいトロルがいる、ぎゃくがわに、べつのとびらが見えました。

チビにいちゃんは、そっとおきあがりました。洗濯《せんたく》かごが、ギシギシなりましたが、運《うん》がよかったことに、背《せ》のたかいトロルには、きこえていませんでした。

チビにいちゃんは、せまい部屋《へや》から、ろうかにはしり出ました。やわらかいスキー用のくつ下のおかげで、足音《あしおと》はしません。そして、そのまま、背《せ》のたかいトロルがいるほうとは、ぎゃくがわのとびらにとびこみました。

すると、そこは、またまたへんてこな部屋《へや》でした。やっぱり部屋《へや》じゅうに棚《たな》がたくさんついていて、その棚《たな》に、山のようにお皿《さら》がつまれていたのです。こんなにお皿《さら》がある部屋《へや》なんて、この世《よ》にあるのでしょうか？

チビにいちゃんは、いそいでその部屋《へや》をつっきり、つきあたりにあった、スイングドアをおして、となりの部屋《へや》へつっこんでいきました。

つぎにあらわれた部屋《へや》は、なんと、とてつもなくひろい台所《だいどころ》でした！　カチャカチャ、タンタン、トントンと、いろいろな音がひびいています。そして、ここには、さっきの白い服《ふく》をきた人が、大ぜいいます！　そのうちのふたりは、さっきのトロルとおなじ、白くて長いぼうしをかぶっていました。

そのほかの人たちは、トレイやお皿《さら》をもって、あちこちとはしりまわっています。あるテーブルでは、女トロルが、エビの殻《から》をむいていました。そばのお皿《さら》に、ピンクのエビが、山のように盛《も》られていて、その女トロルの顔も、エビのようなピンク色をしていました。さらに、白いぼうしからはみ出ている、もこもこした髪《かみ》は、ママがときどき作ってくれる、つぶしたルタバガ（訳注《やくちゅう》：別名《べつめい》スウェーデンカブ。ゆでてつぶすと、オレンジがかった黄色《きいろ》になる）の色にそっくりでした。

「ママ！」

そのとき、チビにいちゃんは、きゅうにママのことをおもいだしました。ママは、どこにいるの

でしょう？　自分《じぶん》は、どうして、こんなところにいるのでしょう？　デッシは「トロルなんて、いないのよ」と、いっていましたが、じゃあ、ここにいるのは、いったいなんなのでしょう？

「でも、ぼくは、こうやって、トロルの台所《だいどころ》にいるじゃないか！」と、チビにいちゃんはおもいました。「きっと、トロルが、ぼくにまほうをかけて、ここへつれてきたんだ……」

　こわくなったチビにいちゃんは、大きな声でさけぼうとしました。ところが、そのまえに、ルタバガ色の髪《かみ》をした、エビむき女トロルに見つかってしまいました。

「あら、あなた、どこからきたの？」

　すると、ほかのトロルたちも、ふりかえって、チビにいちゃんを見ました。

「おい、見ろ」と、トロルのひとりがいいました。

「こんちは」と、べつのトロルもいいました。

「なんだ？　客《きゃく》がはいってきたのか？」と、またべつのトロルもいいました。

　声の調子《ちょうし》から、とんでもなくおそろしいトロルではなさそうです。それに、絵本《えほん》のような、みにくい顔でもなく、長い鼻《はな》でもなく、しっぽもついていません。ただ、大きなテーブルのまえにいるトロルだけは、手にほうちょうをもっています。それに、コンロでは、大きななべが、グツグツいっていました。トロルは、あのなべで、いったいなにを煮《に》ているのでしょう？

「うぅ、うわぁ！」チビにいちゃんは、うめき声をあげました。

そして、くるりとむきをかえると、いま、きた、スイングドアをぬけ、トロルの台所《だいどころ》から出ていきました。それから、また、お皿《さら》がたくさんならんでいる部屋《へや》をとおりぬけていくと、うしろから、トロルたちが、おいかけてくる声がきこえました。

「おーい、どこへいくつもりだー？」

たしかに。

いま、自分《じぶん》は、どこへむかっているのでしょう？　でも、トロルのなべにいれられるくらいなら、どこだってかまいません。それに、おもいつく場所《ばしょ》は、ひとつだけ。さっき、さいしょに見た、背《せ》のたかいトロルが、のぞきこんでいた、あの大きなとびらだけです！

チビにいちゃんは、とちゅう、ろうかをあるいていたトロルを、うしろからおしのけたり、足のあいだをくぐりぬけたりして、はしりつづけました。うしろから、トロルたちのころぶ音や、さけび声がきこえましたが、ふりかえっているよゆうなどありません。そして、とうとうさっきの大きなとびらのまえにやってくると、いきおいよくおしあけました！

ここは、いったい、なんでしょう？　ホール？　いえ、大きなダイニングルームのようです！

りっぱな服《ふく》をきた大ぜいの人が、花でかざられた、長い長いテーブルについて、食事《しょくじ》をしています。女の人のなかには、髪《かみ》に花かざりをつけている人もいました。ここいる人たちは、どう見ても、トロルには見えません。一番《いちばん》、目立《めだ》つ席《せき》にいる女の人なんて、家でパーティーをする女の子よりも、もっとはでなドレスをきています。

チビにいちゃんは、その女の人のまえをとおるとき、にこっとするのが、せいいっぱいでした。

でも、その女の人は、はでとはいえ、きれいです。というか、とってもきれいです。もちろん、ベラおばさんほどではありませんが。

でも、わざわざ、こんなドレスをきて、たくさんの人に見られたい人って、いるのでしょうか？

さらに、この女の人は、どこかで見たような気がします。どこででしょう？　うまくおもいだせません。

「ん？　まてよ？　なんか、この人、新聞《しんぶん》で見た気がする」と、チビにいちゃんはおもいました。

「そうだ。たしか、新聞《しんぶん》に出てた人だ」

ところで、いま、大きなダイニングルームの人たちは、みな、チビにいちゃんを見つめていました。なかには、わらっている人もいます。ひとりのおばあさんが、声をかけてきました。

「まあまあ、なんて、かわいいお給仕《きゅうじ》さんかしら。この子は、いったいだれなの？」

一番《いちばん》、目立《めだ》つ席《せき》の、きれいなドレスをきた女の人は、チビにいちゃんに、わらいながら手をさしのべていいました。

「こんにちは。お名まえは？」

「パトリック・ラルソンです」チビにいちゃんは、おじぎをしてこたえました。「でも、家では、チビってよばれてます。学校《がっこう》にあがるまでは、パトリックって、よばれなくてもいいんです」

そこへ、黒いスーツをきた男の人がやってきて、チビにいちゃんのうでをつかみました。

「おい、わかいの」と、黒スーツの男はいいました。「おまえ、さぞかし、けっこんしきがすきなんだろうが、しょうたいされてないはずだ。わたしといっしょに、きてもらおう」

そして、きれいなドレスをきた女の人に、こういいました。

「たいへんしつれいしました。いったい、どこからまぎれこんだのやら。どこのどいつかしりませんが……」

「はなしてよ！」と、チビにいちゃんはさけびました。「家に帰りたい！　家に帰らせて！」

そのとき、とおくのテーブルのほうから、大きな声がしました。

「わしは、その子をしっとるぞ！　その子は、わしの客《きゃく》だ！」

チビにいちゃんは、声がしたほうをふりむきました。すると、そこに、長い鼻《はな》をした、はげ頭の男の人がいました。時計《とけい》やのリリヤさんでした！

リリヤさんの灰色《はいいろ》の髪《かみ》の毛は、きょうは、ちっともボサボサしておらず、きちんと、くしがとおっていて、緑色《みどりいろ》の紙でできたサンシェードも、つけていませんでした。でも、それは、まぎれもなく、リリヤさんでした。いつものふきげんな顔ではなく、にこにこしています。

チビにいちゃんは、うれしくなって、リリヤさんのもとへ、まっしぐらにはしっていきました。

しらない場所《ばしょ》で、しっている人にあえるなんて、こんなにうれしいことはありません！

「ほい、こんちは」リリヤさんは、そういって、チビにいちゃんの頭をなでてくれました。「おまえさん。どうやって、ここにきなすったね？」

「わかんない。目がさめたら、ここにいたんだ」と、チビにいちゃんはこたえました。

「くつは、どうしたんだい？」

チビにいちゃんは、自分《じぶん》のスキー用のくつ下を見て、首をかしげながらいいました。

「くつは、はいてなかった。長ぐつをはいてたから」

「その長ぐつは、どっかに、おいてきたのかい？」

「ベラおばさんち」チビにいちゃんは、それだけは、たしかだとおもっていいました。「ねえ、ぼく、家に帰りたいんだ」

すると、リリヤさんは、チビにいちゃんの耳に、こそこそと、ささやきました。

「ちょっとだけ、まてるかい？　もうすこししたら、デザートのアイスクリーム・ケーキが出てくるぞ。それを食べたら、家へつれて帰ってやろう」

「アイスクリーム・ケーキ⁉」

いままで、チビにいちゃんは、ただのアイスクリームなら、食べたことがありますし、ただのケーキも食べたことがあります。でも、アイスクリーム・ケーキというものは、食べたことがありませんでした。アイスクリームは、おいしいし、ケーキも、おいしい。それならば、アイスクリーム・ケーキというものは、もっとおいしいにちがいありません！

そのとき、さっきのきれいなドレスの女の人のとなりにすわっていた、タキシードすがたの男の人が声をあげました。

「どうか、その子も、いさせてやってください。そこに場所《ばしょ》をあけて。だれか、いすをもってきてもらえますか？」

「とってもかわいいんですもの。ちゃんと式《しき》によんであげればよかったわ」と、きれいなドレスをきた女の人もいいました。

チビにいちゃんは「かわいい」と、よばれるのが、あまりすきではありませんでしたが、このあと、アイスクリーム・ケーキが出るとのことだったので、がまんすることにしました。

ただ、テーブルについている人たちにくらべ、自分《じぶん》のかっこうは、どうでしょう。チビにいちゃんは、自分《じぶん》のスキー用のくつ下を見おろしながら、こんなかっこうでは、ここにいる資格《しかく》はないと、おい出されるのではないかとおもっていいました。

「でも、ぼく、いい服《ふく》をきていません。そんな服《ふく》、もってないんです」

すると、みんなは、声を立ててわらいました。

「そんなこと、気にしなくってもいいのよ」と、きれいなドレスをきた女の人がいいました。

ほかのだれかが、いいました。

「そこの小さいのに、かんぱいだ！」

「ちょっと、まってくれ」と、リリヤさんがいいました。「この子の、のみものがまだだ。ウェイターさん、この子に、なにかジュースをもってきてくれ」

すると、ウェイターが、チビにいちゃんに、オレンジジュースをもってきてくれました。それで、みんなで、かんぱいしました。

「ねえ、リリヤさん」すこし元気《げんき》になってきたチビにいちゃんは、こそこそとききました。「あれから、お店に、海賊《かいぞく》って、きた？」

もちろん、これは、ふたりだけのひみつだったので、こそこそ声できいたのです。チビにいちゃんは、あれから三回《さんかい》、時計《とけい》やさんにいきましたが、まだ海賊《かいぞく》に会えていませんでした。

「まだじゃ」と、リリヤさんはこたえました。「たぶん、やっこさん、もう海に出ちまってるんじゃないかな？」

「そうなんだ……。でも、そしたら、もう時計《とけい》をピカピカにできないね」

「たしかに。だが、代《か》わりに、さほどわるくないものを手にいれたよ……」

と、そのとき、ついにアイスクリーム・ケーキが、はこばれてきました。そのアイスクリーム・ケーキとは、ケーキのかたちをしたアイスクリームで、まるでケーキのように、生《なま》クリームでデコレーションされていました。そして、その味《あじ》はというと、アイスクリームとケーキをべつべつに食べるよりも、はるかにおいしいものでした！

チビにいちゃんは、リリヤさんのとなりにすわって、アイスクリーム・ケーキをむちゅうになって食べました。

そのあいだ、まわりでは、たくさんの人が、わいわい、がやがやと、おしゃべりをしたり、スピーチをしたり、花よめ、花むこへのかんぱいをしたりしていました。そして、そのあいだ、楽器《がっき》をもった三人《さんにん》の黒い燕尾服《えんびふく》をきた男の人が、部屋《へや》のすみで、うつくしい音楽《おんがく》をかなでていました。ラジオからきこえてくる音楽《おんがく》とは、まるでちがいます！

　そのとき、チビにいちゃんは、とびらのすきまから、こっちをのぞいている人に気がつきました。

「ねえ、リリヤさん」と、チビにいちゃんはききました。

「ほら、あそこのこっちをのぞいてる人、あれって、トロルでしょ？」

　リリヤさんは、とびらのほうを見ました。すると、白くて長いぼうしをかぶった人が、サッと、きえるのが見えました。

「あぁ、あれかい？　あれが、トロル？　うん、まあ、いいようによっちゃあ、そうかもしれんが、ただ、ふつうは、料理人《りょうりにん》とか、コックっていうかな」

「でも、まほうをつかえるよね？」

「まあ、そうだな。つかえるといえば、つかえるのかもしれん。あの人たちは、食べ物にまほうをかける。このアイスクリーム・ケーキを作ったのも、いまの人たちじゃよ」

「そうなんだ……。ぼく、あの人たちをおしたおしちゃった。わるいことしたな……」と、チビにいちゃんはつぶやきました。

　そのあと、チビにいちゃんとリリヤさんは、いすから立ちあがって、ここから出ることにしました。チビにいちゃんは、くつ下のまま、テーブルのあいだをあるき、みんなに「さようなら」といったり、あくしゅをしたりしました。それから、さっきのトロルにも、アイスクリーム・ケーキのおれいをいおうかな、とおもったのですが、どこにも見あたらなかったので、いうことができませんでした。

きれいなドレスをきた女の人は、チビにいちゃんを見ると、もっていた大きなブーケから、ピンク色のバラを一本《いっぽん》ぬきとり、チビにいちゃんのうわぎのむねポケットにさしてくれました。そして、ほっぺにキスをしてくれようとしましたが、チビにいちゃんは、てれて、体をくねらせました。

チビにいちゃんとリリヤさんは、大きなダイニングルームを出ると、階段《かいだん》をおり、ホテルから出て、タクシーをひろい、西セント＝ピーター通りへむかいました。

家には、あっというまにつきました。タクシーをつかうひつようは、なかったかもしれませんが、三月《さんがつ》のさむさのなか、くつ下のままで帰るには、ちょっとつらいきょりでした。

そして、ふたりが家に帰ってきたときの、家族《かぞく》のよろこびようといったら！

家族《かぞく》のみんなは、チビにいちゃんが、いなくなってしまったので、あちこちさがしまわっていたのです。きんじょの人にたずねてまわったり、ものおきや地下室《ちかしつ》や馬小屋《うまごや》などをさがしたりしていましたが、まったく見あたりません。ただひとつ見つかったのは、ベラおばさんちにあった、チビにいちゃんの長ぐつだけでした。

チビにいちゃんたちが帰ってきたとき、家族《かぞく》のみんなは、クローゼットや薪小屋《まきごや》、それから、家じゅうのベッドの下までさがしていました。ですから、ふいに、チビにいちゃんがあらわれたときには、びっくりして、大よろこびしたのです。みんなは、チビにいちゃんをつれて帰ってきてくれたリリヤさんに、なん度《ど》もなん度《ど》もおれいをいいました。

「この子が、とつぜん、わしのめいっ子のけっこんしきにあらわれたんじゃが、なにも、もんだいありゃしませんでしたよ。いや、むしろ、きてくれてうれしかったくらいです」リリヤさんはそういって、けっこんしきへもどっていきました。

その後、チビにいちゃんは、だれにきかれても「ぼくは、ぜったい、自分《じぶん》で〈ゴールドフィッシュ・ホテル〉なんかにいってない」と、いいはったので、みんなは、さいしょ、なにがなんだか、わけがわかりませんでした。

「じゃあ、おまえ、ねながらあるいてったんだろ」と、クヌッテはいいました。

ですが、このなぞをといたのは、ベラおばさんでした。

さいしょ、ベラおばさんは〈ゴールドフィッシュ・ホテル〉のナプキンがはいった洗濯《せんたく》かごが、どうして、店にひとつのこっていたのか、わかりませんでした。ホテルのボーイが、かごをふたつもっていったのは、たしかに見ました。そこで、ベラおばさんが、ホテルに電話《でんわ》してかくにんしたところ、ようやくなにがおこったのか、わかったのです。

「パトリック。あなた、もしかして、シーツがはいった洗濯《せんたく》かごにもぐりこんでたんじゃない？」

と、ベラおばさんはききました。

「うん、そうだよ」と、チビにいちゃんはこたえました。「だって、おばさんとかくれんぼしようとおもって」

「それで、あなた、ねちゃったのね？　そして、ホテルにつくまでおきなかった。ホテルのボーイさんは、もっていくかごをまちがえちゃったのよ。でも、ふつう、せんたくかごに男の子がはいってたら、気づきそうなものだけど」

「ぼく、シーツの下にかくれてたからね」と、チビにいちゃんはいいました。「それで、ほんとは、シーツの下からおばさんに声をかけて、びっくりさせようとおもったんだ。だけど、そのうち、宙《ちゅう》をおよぐゆめを見て、気づいたら、トロルのすみかにきてたんだよ。でも、ぼく、ばかだったなぁ。トロルなんているもんか。あれは、ただのコックだったんだ」


そうして、チビにいちゃんは、ホテルであったことを、たくさんの人に、なん度《ど》もなん度《ど》もはなしてきかせました。

「それでね、リリヤさんとぼくで、アイスクリーム・ケーキを食べたんだよ」

「花よめさんは、どうだったの？」と、ママがききました。「あの人、ちょっとした有名人《ゆうめいじん》なのよ。とってもきれいだったでしょ？」

「花よめさん？　だれそれ？　そんな人いなかったよ」と、チビにいちゃんはいいました。「でも、きれいな女の人ならいたよ。髪《かみ》に、小さい白い花をたくさんつけててね、きれいなドレスをきてたんだ。そのドレスってね、カーテンみたいに、ゆかまでたれてたんだよ。へんなかっこうだったけど、とってもきれいだった。そ、れ、で、ね、そのあと、アイスクリーム・ケーキを食べたんだ。もういっぱい食べたんだよ。それが、とってもおいしかったんだ……」

それをきいたクヌッテが、したをならしていいました。

「ちぇっ、その話、もう四回《よんかい》、いってらぁ」

# 3　チビにいちゃん　パーティーをひらく

「ママ、パーティーやっていい？」

ある日、チビにいちゃんが、ママにききました。

「パーティー？」と、ママはいいました。「パーティーなら、このあいだ、クリスマス・ツリーをかざって、やったんじゃない？」

「そうだけど、こんどは、ぼくだけのパーティーをやりたいんだ。クヌッテとか、ロザリンダとか、家族《かぞく》でやるんじゃなくて」

「あら、そう」と、ママはいいました。「ちょっとしんせんね。それで、だれをよびたいの？」

「マルガレッタ。女の子だけど」

「だれ、その子？　きいたことないわ」と、ママはいいました。「あたらしいお友だち？　どこかで会ったの？」

「ペッレ＝イエーランち。ペッレ＝イエーランのたんじょう日会《びかい》にきてたんだ」

「そうなの。じゃあ、きっと、すてきな子なのね？」

「ちゃんとしてる」チビにいちゃんは、そっけなくこたえました。

「いいわね。じゃあ、ほかにしょうたいしたい人は？　もちろん、ペッレ＝イエーランもでしょ？　それからニッペと……」

「ううん、マルガレッタだけ」

「まあ、そう」と、ママはいいました。「ひとりだけのお客《きゃく》さんなら、パーティーみたいにしなくっても、ただ、あそびましょって、さそえばいいんじゃない？　むこうのつごうがいいときに」

すると、チビにいちゃんは、体をもじもじさせながらいいました。

「そうなんだけどさ。でもさ、ちゃんとしたパーティーがしたいんだよ。台所《だいどころ》でおやつを食べるんじゃなくって」

「なるほど」と、ママはいいました。「とくべつな感《かん》じにしたいのね」

「ピンクのケーキとね、ジュースがほしいんだ。ジュースは、いつものマグカップにじゃなくて、ガラスのコップにストローをさすの。それで、居間《いま》にもってって、食べたりのんだりしたいんだ」

「まあ、とってもごうかね」と、ママはいいました。

「マルガレッタって、とってもいい子なんだ」

「ええ、いろいろわかったわ」と、ママはいいました。「それって、あなたにとって、たいせつなことみたいね。そうしたら、ママも、できるだけのことをするわ。じゃあ、パーティーは、あしたでもいい？」

「うん」

「じゃあ、まず、マルガレッタのおかあさんに電話《でんわ》して、あした、こられるかどうか、きいてみたほうがよさそうね」ママはそういって、電話帳《でんわちょう》を手にとりました。「マルガレッタの名字《みょうじ》って、なんていうの？」

「しらない。でも、どこに住《す》んでるかは、しってる。キャンディー・ハウスさ」

「キャンディー・ハウス？」ママは、昔話《むかしばなし》に出てくるおかしの家をおもいうかべました。「それって、どこ？」

「え、しってるでしょ？　ほら、まどにキャンディーとか、チョコレートのはこが、いっぱいおいてある家」

「ああ、あの小さいおかし工場《こうじょう》のことね」

「そう」チビにいちゃんは、うなずきました。「マルガレッタのパパが、あそこの工場《こうじょう》をやってるって、ペッレ＝イエーランがいってた」

そういうことであれば、ママには、マルガレッタの名字《みょうじ》がわかりました。そこで、ママは、電話《でんわ》をかけ、あしたの二時《にじ》に、あそびにきてくれないかと、たずねました。

「ねえ、きてくれる？　きてくれるって？」チビにいちゃんは、かた足で、ぴょんぴょんとびはねながら、しんぱいそうにたずねました。

「ええ、いきますってよ」ママは、電話《でんわ》をきっていいました。「ほらほら、おちつきなさい。くるっていってるんだから。でも、ママがいうのもなんだけど、ちょっと、ドキドキするわね。だって、あなたが女の子を家によぶなんて、はじめてだもの。だから、もうちょっと、マルガレッタについておしえてくれる？」

「んとね、マルガレッタはね、とってもいい子だよ。ビロードの服《ふく》をきてるんだ。青の」

「まあ、かわいい。あかるい？　それとも、くらい？」

「あかるかったよ。水色《みずいろ》だったかな。え？　服《ふく》の話でしょ？　それとも、髪《かみ》の毛のこと？」

「ええ、まあ、どっちも」

チビにいちゃんは、しばらくかんがえこみました。

「髪《かみ》の毛はね、くるんくるんしてたかな。それでね、このまえ、ペッレ＝イエーランのママが、キャンディーがはいったふくろをくれたんだけど、マルガレッタは、それをぼくにくれたんだ。キャンディーは、いらないんだって」

「きっと、キャンディーなら、家にたくさんあるんでしょうね。でも、やさしいじゃない。それで？ペッレ＝イエーランのとこでは、なにをしてあそんだの？」

「そんなに、あそばなかった」と、チビにいちゃんはいいました。「ペッレ＝イエーランのママが、おどりましょうっていったから、みんなはおどってたけど、ぼくとマルガレッタは……」

「マルガレッタとぼくは、ね」ママが、口をはさみました。「じぶんをさきに、いっちゃだめ」

「マルガレッタとぼくは」と、チビにいちゃんはいいなおしました。「テーブルの下にもぐって、ふたりで絵本《えほん》を読んだんだ。おどってるみんなに、けられないようにね。おどるなんて、ばかみたいだもん。ね、ママ？」

「そうかしら？　あなたは、そうかもしれないけど、小さい女の子は、たいてい、おどるのがすきよ」

「でも、マルガレッタはちがうんだ。マルガレッタも、ばかみたいって、いってたもん」

　そのとき、ジャガイモの皮《かわ》をむいていたママは、手をすべらせ、ジャガイモをひとつ、ゆかにおとしてしまいました。チビにいちゃんは、それをひろって、ママにかえしてあげました。ところが、チビにいちゃんは、そのまま、しばらく、ぼーっと立ちつくしていました。

「そうだ、ママ！」とつぜん、チビにいちゃんが声をあげました。

「なに？　もっとなにか、おもいだした？」

「うん」チビにいちゃんは、しんけんな顔でこたえました。「ぼくね、マルガレッタと、けっこんする！」

「けっこん⁉」ママは、おもわず、ききかえしました。「それは、ずいぶん、すすんでるわね」

「だって、ペッレ＝イエーランが、マルガレッタとけっこんするって、いってたもん」

「まあ、それはたいへん」と、ママはこたえました。「でも、だれとけっこんするかは、マルガレッタにだって、えらぶ権利《けんり》があるとおもうけど。でも、それより、みんな、まだまだ、けっこんするような年じゃないんじゃない？」

「マルガレッタは、六さいだよ。ねえ、ママ。マルガレッタとぼくがけっこんしたら、どこに住《す》んだらいい？」

「それは、マルガレッタにきいてみるのが、一番《いちばん》いいんじゃないかしら」と、ママはこたえました。

「たぶん、マルガレッタは、キャンディー・ハウスに住《す》みたいんだろうな」チビにいちゃんは、しんぱいそうな目で、ママを見ながらいいました。

「だったら、たのしそうね」と、ママはいいました。

「うん。だけど……」と、チビにいちゃんはこたえました。「もし、ママが、いやだったら、ここに住《す》んであげてもいいよ。そのときは、ぼくが、兄さんたちの部屋《へや》にいって、マルガレッタが、O《オー》ちゃんといっしょに〈ニワトリ小屋《ごや》〉で、ねればいいもん」

「あら、でも、ふつうけっこんしたら、どっちの家からも出て、ふたりであたらしいおうちに住《す》むものよ」

　チビにいちゃんは、顔をしかめました。

「でも、ぼくは、ここに住《す》んでるんだよ？　それにぼくのものは、ぜんぶ、ここにあるし、ママだって、ここにいるじゃない」

「ありがとう、ママのことをおもってくれて」と、ママはいいました。「じゃあ、あなたは、キャンディー・ハウスよりも、ここに住《す》みたいのね？」

「わかんない」チビにいちゃんは、ためらいながらいいました。「でも、あっちに住《す》めば、ぼくたち、すきなだけおかしが食べられるかもしれないな」

そのとき、げんかんのチャイムがなりました。やってきたのは、大家さんのブリマーおばさんのところの家政婦《かせいふ》さんでした。家政婦《かせいふ》さんは、手に、大きな白くまの毛皮《けがわ》のしきものをかかえていました。

「ブリマーさんが、これをもらってくれないかって、いっておられまして」と、家政婦《かせいふ》さんはいいました。「ブリマーさんは、もうこのしきものに、あきてしまって、きっとここの子どもたちなら、あそびどうぐにもなって、よろこんでくれるんじゃないかって、おっしゃったんです」

「それはそれは」と、ママがいいました。「ブリマーさんに、よろしくおつたえください。なによりのプレゼントだわ、ね、パトリック？」

「すごっ！」

チビにいちゃんは、もちろんよろこんで、白くまの頭をなでてみようと、毛皮《けがわ》のしきものにかけよりました。

「すべすべしてる！　ねえ、ママ、これ、ぼくたちの〈ニワトリ小屋《ごや》〉に、おいてもいい？」

「ええ、いいかもしれないわね」と、ママはいいました。

「もらってくれてよかったです」と、家政婦《かせいふ》さんはいいました。「じつのところ、これには、よく虫がつくんです。それをとって干《ほ》すのがめんどうで。でも、ブリマーさんは、おたくには、人がたくさんいるから、そこまでめんどうには、ならないんじゃないかって。でも、おくさん、もし、子どもたちがあきてしまったら、すぐにでも、すててもらってかまいませんから」

「そうですか、わかりました」と、ママはいいました。

白くまの毛皮《けがわ》は、ねんきがはいっていたので、すこし黄色《きいろ》くなっていて、ところどころ虫にくわれていました。それでも、大きくあけた口と、がっしりとしたまえ足は、とてもりっぱなものでした。

チビにいちゃんとO《オー》ちゃんは、さっそく、白くまであそびだしました。チビにいちゃんは、毛皮《けがわ》をかぶって、四つんばいになると、白くまになったつもりであるきました。

夕方《ゆうがた》、家に帰ってきたパパは、うすぐらいろうかのおくから、白くまが、のっしのっしとあるいてくるのを見て、びっくりしてとびあがりました。

「な、な、なんだ？　いったい？」

チビにいちゃんとO《オー》ちゃんは、パパをびっくりさせることができて、大よろこびでわらいました。

白くまごっこは、夜になってもつづきました。こんどは、ラッセやクヌッテが、毛皮《けがわ》をかぶりました。背《せ》がたかいラッセが毛皮《けがわ》をかぶると、まるでほんものの白くまのように見えました。O《オー》ちゃんは、白くまの歯《は》にさわりながら「せなかにのせて！」と、せがみました。

そこで、ラッセは、学校《がっこう》のしゅくだいをやる時間《じかん》まで、O《オー》ちゃんとチビにいちゃんを、ずっとせなかにのせてくれました。

つぎの日、ママは、朝から、ケーキを焼《や》き、ピンクと白のクリームをたっぷりぬって、きれいにかざりつけてくれました。

チビにいちゃんは、とってもよろこびました。

「ねえ、もうすぐ二時《にじ》？」と、チビにいちゃんはききました。

「いいえ、まだまださきよ」と、ママはこたえました。「しばらくO《オー》ちゃんと、外であそんでなさい」

ふたりは、外であそんだあと、お昼ごはんを食べて、昼ねをさせられました。でも、きょうは、O《オー》ちゃんでさえ、うまくねつけませんでした。O《オー》ちゃんも、マルガレッタのことが、気になってしかたがなかったのです。

そして、ようやく二時《にじ》になるころ、ふたりは、おきてもいいといわれました。

「マルガレッタがきたら、なにしてあそぶの？」と、ママがたずねました。

「白くまごっこ！」と、チビにいちゃんはいいました。

「ごっこ、ごっこ！」と、O《オー》ちゃんもいいました。

「ねえ、ママ。マルガレッタがきたら、ぼくが、ドアをあけてもいい？」と、チビにいちゃんがききました。

「もちろん。あなたのお客《きゃく》さんですもの」と、ママはこたえました。

そのとき、げんかんのチャイムがなりました。

チビにいちゃんは、白くまの毛皮《けがわ》をかぶり、げんかんにかけよって、ドアをあけると、すぐに四つんばいになって、大きな声でうなりました。

「ガルルル――、ガオ――ッ!!」

ところが、やってきたのは、ゆうびんやさんでした。パパに、荷物《にもつ》をもってきたのです。ゆうびんやさんは「おや、白くまだ」といって、おどろきもせず、白くまの頭をなでると、荷物《にもつ》をおいて、いってしまいました。

チビにいちゃんは、ちょっとがっかりしました。

すると、だれかが階段《かいだん》をのぼってくる音がして、また、チャイムがなりました。

チビにいちゃんは、ドアをあけると、すぐに四つんばいになり、さっきよりも、もっと大きな声で「ガオ――ッ!!」と、ほえました。

「キャ――ッ!!」

女の子のひめいが、家のなかにひびきわたりました。

「ママ！　く、くま！　白くま！」

チビにいちゃんは、白くまの頭の下から、外をのぞいてみました。そこには、おばさんと女の子が立っていました。女の子は、おばさんの毛皮《けがわ》のコートに顔をかくして、火がついたようにないています。

もちろん、チビにいちゃんは、自分《じぶん》が、ほんものの白くまだとおもわれて、うれしかったのですが、まさか、あいてがないてしまうとはおもわなかったので、どうしていいやら、わかりませんでした。

チビにいちゃんは、白くまの毛皮《けがわ》から、はい出てきていいました。

「やあ、マルガレッタ。なんで、そんなにないてるんだい？　ぼくだよ。ぼくは、ただ、白くまであそんでただけなんだ。ほら、こいつ、生きてなんかないよ」

そこへ、ママとＯ《オー》ちゃんがやってきて、マルガレッタたちにあいさつしました。ママは、チビにいちゃんがしたことをしると、ふたりにあやまりました。

マルガレッタは、ちょっとずつ、なきやんでいきました。マルガレッタのママは、マルガレッタのなみだと鼻《はな》をふいてやり、コートをぬがせると「じゃあ、五時《ごじ》になったら、むかえにくるわね」といって、帰っていきました。

「人をこわがらせるなんて、さいていよ」マルガレッタは、チビにいちゃんにそういうと、くるりと背《せ》をむけ、O《オー》ちゃんのほうをむきました。

マルガレッタは、チビにいちゃんよりも、頭ひとつぶん、背《せ》がたかく、目は、ふかい青色《あおいろ》で、あかるい茶色《ちゃいろ》の髪《かみ》の毛は、くるんとカールしていました。マルガレッタが、とってもすてきだったので、O《オー》ちゃんは、おもわず見とれてしまいました。

でも、きょうのマルガレッタは、青いビロードの服《ふく》ではなく、チェックがらのセーターをきていました。

チビにいちゃんは、その服《ふく》が、あまりすきになれませんでした。

「きょうは、このまえの服《ふく》、きてないんだね」チビにいちゃんは、がっかりした顔でいいました。

「ええ」と、マルガレッタはこたえました。「あれは、パーティー用だもの」

「でも、きょうも、パーティーなんだよ」

「パトリック」と、ママがいいました。「お客《きゃく》さんがきている服《ふく》を、あれこれいうもんじゃないわ。それに、そのお洋服《ようふく》だって、とってもすてきよ。さ、しばらくあそんでなさい。あとで、ジュースをもってきてあげるから」

そこで、チビにいちゃんは、白くまの毛皮《けがわ》を引っぱってきて「これで、あそぼうよ」と、いいました。

すると、マルガレッタは「いやよ、ぜったい」と、いいました。「そんな、ふるくて、きたないもの」

「でも、生きちゃいないよ。あぶなくもないし」

「においも、いや」

たしかに、白くまの毛皮《けがわ》は、ちょっとへんなにおいがしました。

チビにいちゃんは、しかたなく、白くまの毛皮《けがわ》を、その場に、ドサリとおいて、女の子たちのあとについて〈ニワトリ小屋《ごや》〉へいきました。

「まあ、かわいいお人形《にんぎょう》！」マルガレッタは、そういって、O《オー》ちゃんの人形用《にんぎょうよう》のうばぐるまから、ふるい人形《にんぎょう》のカイサをとり出しました。

「あぁ、そいつか……」と、チビにいちゃんはいいました。

「あと、ふたつあるのよ」O《オー》ちゃんはそういって、人形《にんぎょう》のロセンゴールドと、マレーナも、とり出しました。

「じゃあ、これでおままごとしましょうよ」と、マルガレッタはいいました。「パパとママと子どもたちね。パトリック、あなた、パパ役《やく》ね。それで、あなたは、ママ役《やく》をやっていいわ」

「それだったら、きみが、ママ役《やく》だろ？」チビにいちゃんは、マルガレッタにいいました。「O《オー》ちゃんは、子ども役《やく》だよ。まだちっちゃいんだから」

「だめよ。わたしは、看護師《かんごし》さんになるの」マルガレッタはそういって、人形用《にんぎょうよう》のうばぐるまのなかをととのえはじめました。

「あたし、ママ役《やく》できる」と、O《オー》ちゃんはいいました。「おかたづけしたり、お買いものにいったり、お料《りょう》理《り》したりできるもん。それで、子どもたちにお洋服《ようふく》をきせて、うばぐるまにのせて、お出かけするの」

「じゃあ、ぼくは、なにをすればいいの？」と、チビにいちゃんはききました。

「あなたは、パパでしょ？　だったら、お仕事《しごと》に出かけるんだから、家にはいないわ」と、マルガレッタはいいました。「会社《かいしゃ》とかにいったら？　べつの部屋《へや》を会社《かいしゃ》にして、そっちにいくの」

「だったら、パパ役《やく》は、いやだな」チビにいちゃんは、ぼそりといいました。

「じゃあ、ママか、看護師《かんごし》さんをやる？」

「ほかのことして、あそぼうよ」

「じゃあ、やってれば？　ほかのこと」と、マルガレッタはいいました。「わたしたちは、お人形《にんぎょう》でおままごとしてるから。じゃあ、O《オー》ちゃん、わたしを、L《エル》夫人《ふじん》って、よんでね。ねえ、この子のお洋服《ようふく》ってないの？　なにもきてないけど」

「ここよ」O《オー》ちゃんはそういって、人形用《にんぎょうよう》の引き出しをさぐりました。「あと、さむくなるといけないから、ぼうしもかぶせましょうよ」

チビにいちゃんは、その場に立ちつくしていました。でも、だれも、チビにいちゃんに気をかけ

てくれません。

ふたりの女の子は、人形《にんぎょう》たちに、赤ちゃんことばではなしかけながら、くしで髪《かみ》をとかしたり、うばぐるまにのせて部屋《へや》をいったりきたりしました。それから、ふたりで、人形《にんぎょう》のカイサの手をかたほうずつもって、よちよちあんよと、あるきかたをおしえました。

チビにいちゃんのつみ木がはいった引き出しは、さかさまにされて、テーブルになり、そこにお皿《さら》がならんで、人形《にんぎょう》たちは、ごはんを食べはじめました。そのあと、マルガレッタとO《オー》ちゃんは、また、人形用《にんぎょうよう》のうばぐるまや、ベッドをととのえはじめました。

そうしているあいだも、ふたりは、チビにいちゃんを、ちらりとも見てくれません。チビにいちゃんは、なにをしたらいいのかわからず、ただ、ぼーっと立って、ふたりがすることをながめていました。

ですが、とうとう、いいことをおもいつきました。チビにいちゃんは、本だなへはしっていくと、お気にいりの絵本《えほん》をなんさつかもってきて「ねえ、これ、見ようよ」と、いいました。

「いまは、いい」と、マルガレッタはいいました。

おままごとのほうが、ずっとたのしかったのです。マルガレッタは、O《オー》ちゃんのおもちゃのアイロンで、カイサの服《ふく》にアイロンをかけることにしました。

「ちょっと、そこ、どいてくれる？　アイロン台をおくから」マルガレッタはそういって、チビにいちゃんをおしのけ、アイロン台をおきました。

チビにいちゃんは、部屋《へや》を出て、ママのところへいきました。

「ママ、ケーキって、もうひとりぶんある？　三十九号室《ごうしつ》にいって、ペッレ＝イエーランをよんできたいんだ」

「ペッレ＝イエーランを？」ママは、クスッと、わらいました。「そうね、ママもそれがいいとおもってたわ。やっぱり、ペッレ＝イエーランもいなくっちゃね。だいじょうぶ、ケーキもジュースも、よぶんにあるから、いそいでよんできなさい」

そして、ペッレ＝イエーランがやってくると、いよいよパーティーがはじまりました。ペッレ＝イエーランは、チビにいちゃんとおなじくらい、ケーキをたくさん食べましたが、マルガレッタは、ケーキをひとときれ食べただけで、すぐにおままごとへもどっていってしまいました。

男の子ふたりは、しばらく部屋《へや》のとびらから、マルガレッタとO《オー》ちゃんがすることをながめていましたが、そのうち、白くまごっこをしに、ろうかへいきました。そして、それにあきると、こんどは、ボールあそびをはじめました。ながいろうかは、まどがないので、ボールあそびにうってつけだったのです。

ろうかから、ドッタンバッタンと、さわがしい音がきこえてくると、マルガレッタは、部屋《へや》のとびらをしめにいきました。

「うるさいわね、まったく」マルガレッタは、O《オー》ちゃんにいいました。「これだから、男子《だんし》って、いやよね」

「うるさいわね、まったく」O《オー》ちゃんも、まるで、ふだんから、ボールあそびなんかしていない、という感《かん》じでいいました。

そして、女の子たちは、人形《にんぎょう》のカイサとロセンゴールドとマレーナで、おままごとをつづけました。

五時《ごじ》になって、マルガレッタのママがむかえにくると、マルガレッタは、帰りたがりませんでした。

た。

「ママ、わたしたち、まだ、お人形《にんぎょう》とたのしくあそんでるの」と、マルガレッタはいいました。「だから、もうちょっとだけ、いさせてちょうだい」

そして、いよいよマルガレッタが帰るときになると、こんどは、O《オー》ちゃんが、ぐずりだしました。

いっぽう、チビにいちゃんは、顔をしかめながら、ただマルガレッタに「バイバイ」といっただけで、また、ペッレ＝イエーランと、ボールあそびをつづけました。


その日の夜、チビにいちゃんは、ママにいいました。

「ママ。ぼく、やっぱり、マルガレッタとけっこんするの、やめた」

「あら、そうなの？　じゃあ、ペッレ＝イエーランにゆずるのね？」

「いや、あいつもしないって」

「まあ、ほんと？　どうしてかしら？」

「マルガレッタは、まだ赤ちゃんだからだよ」

「でも、ときがたてば、人はかわるものよ」

「だって、白くまを見ただけでなくし、おままごとしかしないし。ペッレ＝イエーランも、マルガレッタは、まだ赤ちゃんだって、いってたよ」

「まあ、かわいそう」と、ママはいいました。「とってもいい子なのに。それに、おうちは、おかし工場《こうじょう》よ。それでも、だれも、けっこんしてくれないかしら？」

すると、チビにいちゃんはこたえました。

「だいじょうぶさ。Ｏ《オー》ちゃんとなら、けっこんできるよ！」

# 4　チビにいちゃん　やねにのぼる

ベラおばさんは、もうすぐ四十《よんじっ》さいになります。その場合《ばあい》、おいわいされる人は、もちろん、ベラおばさんです。ラルソン家の人たちは、ベラおばさんのたんじょう日を、できるだけ盛大《せいだい》にいわってあげようと、それぞれ時間《じかん》をかけて、プレゼントをじゅんびしていました。

パパは、発明家《はつめいか》なので、なんでも作れました。たいていのものなら、一から作ってしまいます。こんかいは、木材《もくざい》と釘《くぎ》とバネとマットレスで、あたらしいひじかけいすを作りました。ママは、そのいすの座面《ざめん》や背《せ》もたれに、じょうぶな布をはり、さらに花柄《はながら》の更紗《さらさ》でおおって、見ばえもきれいにしました。こんなすてきなひじかけいすは、けっしてお店では売っていません。

「とってもすばらしいいすね。うちにほしいくらいだわ」ママは、感心《かんしん》していいました。

絵が上手《じょうず》なデッシは、ブルー湾《わん》にある、ベラおばさんの別荘《べっそう》の絵をかきました。その絵のげんかんさきには、ベラおばさんのねこのペルソンがいて、桟橋《さんばし》には船のルドルフ号《ごう》がとまっていました。

ミッレとロザリンダは、青色《あおいろ》の革《かわ》に、白い糸でステッチした手ぶくろを作りました。ただ、それぞれが、かたほうずつ作ったので、形がふぞろいになってしまいました。ロザリンダが作ったほうは、親指《おやゆび》が短《みじか》すぎて、ミッレが作ったほうは、親指《おやゆび》が長すぎたのです。

「まあ、短《みじか》いのと長いのとで、おあいこね」と、ミッレはいいました。「手ぶくろなら、もちはこびができるし、それにこの色、ベラおばさんのあたらしいドレスの色といっしょだから、きっとにあうとおもうわ」

ラッセは、詩集《ししゅう》を買いました。ベラおばさんは、詩《し》が大すきだったからです。ベラおばさんは、まいにち、昼の十二時《じゅうにじ》になると、お店の洗濯機《せんたくき》をとめて、ラジオ番組《ばんぐみ》の詩《し》の朗読《ろうどく》をきいていました。

実用的《じつようてき》なものがすきなクヌッテは、コーヒーカップをプレゼントにしました。この西セント＝ピーター通りで、ベラおばさんほど、コーヒーがすきな人は、いなかったからです。

Ｏ《オー》ちゃんは、クッキーを焼《や》きました。ママに生地《きじ》を作ってもらい、そのあとは、ほとんどひとりでやって、十三《じゅうさん》まいのクッキーができあがりました。ちょっとぶかっこうな形になってしまいましたが、Ｏ《オー》ちゃんは、そのクッキーを、お気にいりのまるいはこのなかにつめました。そのはこは、もともとチョコレートがはいっていたもので、きれいなバラもようのふたがついていました。

チビにいちゃんも、プレゼントをよういしました。そのプレゼントは、クイーンズ通りのおしゃれな店で買ったのですが、それがなんなのかは、ママいがい、だれもしりませんでした。ママが、えらぶのを手つだったのですが、それは、ベラおばさんが、バッグにいれておくのに、ぴったりなものなのだそうです。

それから、子どもたちみんなで、ベラおばさんに歌を作って、プレゼントすることにしました。その歌詞《かし》は、ぜんぶで十一節《じゅういっせつ》あって、それをたんじょう日のとうじつ、ベラおばさんのまえで、うたってあげることにしたのです。

「こんなまとまりのない詩《し》、きいたことないや」文を書くのがとくいなラッセがいいました。「まあ、でも、早口《はやくち》でうたえば、内容《ないよう》まで、きかれないですむかな。だいじなのは、ぼくたちで歌を作ったってことさ。ベラおばさんだったら、きっとわかってくれるだろ」

いっぽう、チビにいちゃんは、しんぱいそうな顔をしていました。

「あのさ、ぼくたち、旗《はた》がかかげられないね。庭《にわ》に旗《はた》ざおがないから」

というのも、ラルソン家の人たちのたんじょう日は、夏が多《おお》く、夏は、たいてい、ベラおばさんの別荘《べっそう》ですごしていたのですが、だれかのたんじょう日になると、そこにある旗《はた》ざおをつかって、船のルドルフ号《ごう》の旗《はた》をかかげていたのです。なので、チビにいちゃんは、たんじょう日には、旗《はた》をかかげなければならないと、おもっていたのでした。

さらに、きょねんの夏、ルドルフ号《ごう》で冒険《ぼうけん》へ出かけたとき、デッシに、船の旗《はた》あげ係《がか》りをまかされていらい、チビにいちゃんは、旗《はた》が大すきになっていました。秋になって、別荘《べっそう》からもどるときも、チビにいちゃんは、パパになん度もおねがいして、ルドルフ号《ごう》の旗《はた》を、家にもち帰らせてもらいました。

ですから、いま、せっかく旗《はた》が手もとにあるのに、ベラおばさんのために、かかげられないなんて、かんがえられません。

パパが、チビにいちゃんにいいました。

「それなら、ベラおばさんをおいわいするときに、おまえが旗《はた》をもって、ふってあげればいい」

せまい家のなかで旗《はた》をふるなんて、そんなのばかげています。やっぱり、たんじょう日なのだから、町じゅうのみんなが見えるように、たかだかと、かかげられるべきです。ですが、マンションの庭《にわ》には旗《はた》ざおがなかったので、どうすることもできません。かわいそうなベラおばさん！

そして、とうとうベラおばさんのたんじょう日の朝をむかえました。チビにいちゃんは、朝はやく目をさまし、ベッドからおきあがりました。家族《かぞく》は、まだだれもおきていません。目をこすって、O《オー》ちゃんのベッドがわのかべにかかっている、まるくて白い時計《とけい》を見てみました。

さいきん、チビにいちゃんは、時計《とけい》やのリリヤさんに、時計《とけい》の見かたをおそわっていたので、だいぶ、時間《じかん》を読めるようになっていました。ただ、ならったのは、まだ、短《みじか》い針《はり》のほうだけでした。

いま、短《みじか》い針《はり》は、六時《ろくじ》ちかくをさしていました。きょうのよていは、七時《しちじ》になったら、家族《かぞく》みんなで、コーヒーカップをのせたトレイと、みんなからのプレゼントをもって、ベラおばさんの部屋《へや》のドアのまえに整列《せいれつ》することになっていました。

チビにいちゃんのアメリカ・インディアンの服《ふく》が、ベッドのよこのいすにかかっています。きのう、ママに、ベラおばさんをおいわいしにいくときに、きていってもいいと、ゆるしをもらっていたのです。それから、いすの背《せ》もたれには、船の旗《はた》がかかっていました。旗《はた》には、手振《てぶ》り用《よう》の短《みじか》い黄色《きいろ》い棒《ぼう》がついていています。

チビにいちゃんは、しばらく、じっと旗《はた》を見ていました。もちろん、旗《はた》についている黄色《きいろ》い棒《ぼう》は、別荘《べっそう》にあるような、長い旗《はた》ざおではありません。でも、家のどこかに、たとえば、やねの上とかに立てたら、りっぱに旗《はた》がかかげられているように見えるのではないでしょうか？

「そうか、やねの上！」と、チビにいちゃんはおもいました。「うちのやねの上には、えんとつがあったはず！　庭《にわ》から見たことがあるもの。あのえんとつに、この旗《はた》をさせるんじゃないかな？　えんとつそうじの人がつかう、はねぶたのある、はしごをのぼれば、やねの上にのぼれるはずだもの！」

チビにいちゃんは、これまで、だれにも「やねにのぼってはいけません」と、いわれたことがありませんでした（だれも、そんなことをするとは、おもっていなかったからです）。だったら、のぼってもいいはずですが、なんとなく、そんなことをしてはいけないような気がしました。

そこで、チビにいちゃんは、ねずみのように、こっそりとベッドからぬけだしました。そして、パジャマをぬぎ、衣装《いしょう》をきて、赤いモカシンをはくと、羽《はね》かざりを頭にかぶりました。羽《はね》かざりは、ママがゴムのひもをつけてくれていたので、かんたんにかぶることができました。

つくえの上の、ベラおばさんへのプレゼントが目にとまりました。そこで、チビにいちゃんは、それをむねポケットにしまいました。

それから、つまさき立ちで、家のうら口へむかいました。そっちのドアのほうが、あけやすかったからです。台所《だいどころ》をぬけるとちゅう、ママが作ったツビーバックを見つけたので、もうかたほうのむねポケットに、ふたつ、つめこみました。

テーブルには、コーヒーカップと受《う》け皿《ざら》がのった、大きなトレイが、ふたつおいてありました。そして、そのかたわらには、ラッピングペーパーにつつまれた、大きな花たばが、水のはいった花《か》びんにささっていました。みんながおきたら、これらをベラおばさんの部屋《へや》へもっていくのです。

ねこのクロが、台所《だいどころ》のいすからとびおりてきて、外に出せと、すりよってきました。そこで、うら口のドアをあけてやると、クロは、いなずまのようなはやさで、マンションの階段《かいだん》をかけおりていきました。チビにいちゃんは、ろうかをぬけて、マンションのやねうらへむかいました。

運《うん》がよかったことに、やねうらへつづく、大きな鉄《てつ》のとびらには、カギがささりっぱなしになっていたので、そのままあけてなかにはいることができました。そして、せんたく干《ほ》し場と、ものおきのよこをとおりぬけ、やねへあがる、はねぶたのあるはしごの下までやってきました。そして、ここでも運《うん》が味方《みかた》してくれました。上を見ると、はねぶたのとびらが、すこしあいていたのです。

チビにいちゃんは、旗《はた》をこしにさして、はしごをのぼり、はねぶたから頭を出しました。いよいよ、やねの上です。トタンのやねは、四月《しがつ》のあかるくてあたたかい陽《ひ》をうけ、朝つゆでしっとりとぬれていました。

チビにいちゃんは、はねぶたから、やねへはいあがりました。すると、さいごのひと足が、はねぶたをささえている棒《ぼう》に引っかかり、はねぶたが、バーン！　と大きな音をたてて、しまってしまいました。

それはさておき、ここは、なんてあかるくて気持《きも》ちがいいのでしょう！　こんなに地面《じめん》からはなれています。たくさんのやねに、たくさんのえんとつ、見えるけしきは、なにもかもしんせんでした。

ブリマーおばさんの木造《もくぞう》のマンションは、まわりのたかい建物《たてもの》や、おなじくらいのたかさの建物《たてもの》に、ぐるりとかこまれていました。チビにいちゃんは、自分《じぶん》の家が、こんなふうになっているなんて、おもってもみませんでした。

ちかくに、えんとつもありました。えんとつって、まぢかで見ると、なんて大きいのでしょう。

自分《じぶん》の背《せ》より、はるかにたかいのです。庭《にわ》から見ると、とっても小さく見えるのに。きっと台所《だいどころ》のいすくらいのたかさで、けむりをはくほそいあなに、旗《はた》の棒《ぼう》をさせるだろうとおもっていたのですが、このたかさだと、パパでさえ、手がとどかないでしょう。

チビにいちゃんが、旗《はた》をさすのをあきらめて、えんとつのうらがわへまわりこまなかったのは、パパとママにとってさいわいでした。なぜなら、うらがわに、えんとつそうじの人がのぼるための、鉄《てつ》でできた小さいはしごがついていたからです。もし、チビにいちゃんが、そのはしごを見つけていたら、きっと、えんとつまでも、のぼっていたでしょう。そうしたら、なにがおこったかわかりません。でも、ともかく、チビにいちゃんは、えんとつのはしごに気がつきませんでした。

そこで、チビにいちゃんは、四つんばいになって、やねの上をすすみだしました。手やズボンが、真《ま》っ黒《くろ》になりましたが、そんなこと、おかまいなしです。旗《はた》は、チビにいちゃんのあとから、ズルズルと、引きずられながらついてきます。モカシンのくつぞこについている金属《きんぞく》が、トタンのやねにあたって、カチン、カチンと、なりました。

やねは、てっぺんを中心《ちゅうしん》に、まえとうしろへ、ゆるやかなくだり坂になっていましたが、とてもひろいので、ふつうにあるくことができそうです。そこで、チビにいちゃんは、すくっと、立ちあがってみました。

このとき、チビにいちゃんは、えんとつに旗《はた》がさせずにがっかりしたことや、ベラおばさんのたんじょう日のことなど、すっかりわすれていました。あたたかい太陽《たいよう》の光の下、こんなたかいところに、ひとりでいることが、たのしくて、うれしかったのです。頭の羽《はね》かざりが、かすかにゆれていたので、ほんのすこし、風がふいているのがわかりました。

「なんか、王さまになった気分《きぶん》だ」と、チビにいちゃんはおもいました。

すると、ふと、ある歌をおもいだしました。それは、まえに、チビにいちゃんが、ブリマーおばさんちの、まどのそばのテーブルにとびのったとき、ブリマーおばさんが、あぶないといって、しわしわの人さし指《ゆび》をふりながらうたってくれた、おまじないのようなものでした。

あるところの　王さまが
ストーブの上で　くらしてた
そしたら　そこから　おっこちて
王さま　いなくなっちゃった

チビにいちゃんは、その歌をおもいだして、なんだかおかしくなり、クスクスとわらいだしました。そして、りょううでを大きくひろげると、だれか、いまの自分《じぶん》を見てくれないかなぁとおもって、大きな声で「あるところの王さまが」と、うたいはじめました。

と、そのとき、なにかが、すぐちかくでうごきました。見ると、やねのはしに、小さな灰色《はいいろ》のぽこぽこしたものが、列《れつ》をなしてうごいています。そして、それが、くるりとふりむきました。ハトです！

「クー、クックー。クー、クックー」

ハトたちは、ふくらませた首をふりながら「あの子はいったいなんだろう？」と、はなしている

ようでした。

ハトは、フンで、やねや、まどのしきいをよごしてしまうので、ふつうの大家《おおや》さんは、ハトをきらいます。ですが、ブリマーおばさんは、ちがいました。むしろ、すすんで、エンドウ豆《まめ》やパンくずなどをやっていたのです。むかし、ブリマーおばさんが、馬を飼《か》っていたとき、庭《にわ》の馬小屋《うまごや》には、ハトがつきものだったので、そのまま、すきになったのでした。なので、ハトたちも、ブリマーおばさんのマンションが大すきでした。

「ハトさん、おいで」チビにいちゃんは、ハトによびかけました。「ほら、おいでよ。そうだ、ぼく、ツビーバックをもってるんだ」

チビにいちゃんも、ハトがすきで、これまでも、よくハトにエサをやっていました。

ハトたちは、ふだん、あまり人をこわがりませんが、このときばかりは、すこしたじろんでいました。きっと、チビにいちゃんの頭の羽《はね》かざりが、こわかったのです。

ハトたちは、首をこきざみにうごかしながら「この子は、きけんかしら？　ねえ、ためしてみる？　おもいきって、ちかよってみましょうか？」などと、ひそひそとおしゃべりをしているようでした。

ところが、チビにいちゃんが、むねポケットからツビーバックをとり出し、こまかくちぎって、やねの上にまきはじめると、ハトたちは、もうあれこれ議論《ぎろん》している場合《ばあい》ではなくなりました！　羽《はね》をバタバタいわせて、チビにいちゃんのもとへとんでくると、ツビーバックのかけらを、いきおいよくついばみだしたのです。なかには、ブリマーおばさんにするように、かたにとまって、チビにいちゃんの手から、ちょくせつツビーバックを食べようとするハトや、旗《はた》の棒《ぼう》にとまって、ようすをうかがっているハトもいました。

　たくさんのハトが、自分《じぶん》のまわりを、バサバサととびまわるので、チビにいちゃんは、だんだん目がまわってきました。

「おい、あっちいけ」と、チビにいちゃんはいいました。「ちょっとでいいから、いってくれよ。庭《にわ》にころげおちちゃうよ」

でも、ハトたちは、ママ特製《とくせい》のツビーバックの味《あじ》をおぼえてしまったのですから、そうかんたんには、はなれません。チビにいちゃんは、しかたなくその場にしゃがみこんで、もうひとつのツビーバックを、ハトたちに食べさせてやりました。

とうとう、さいごのひとかけらがなくなりました。でも、ハトたちは、チビにいちゃんからはなれようとしません。チビにいちゃんのかたにとまっていたハトは、ツビーバックがはいっていたむねポケットに、頭をつっこんだくらいです。そのハトの尾羽《おばね》が、チビにいちゃんの鼻《はな》をくすぐったので、チビにいちゃんは、おもわずわらってしまいました。あんまりわらってしまったので、自分《じぶん》が、なんのためにここへきたのか、ますますわからなくなってきました。

ハトたちは、ようやく、もうこれいじょう、エサがもらえないとわかると、一羽《いちわ》、また一羽《いちわ》と、チビにいちゃんからはなれていき、やねの上をぶらぶらしながら、またひそひそとおしゃべりをはじめました。

チビにいちゃんは、そんなハトたちを、ぼーっと見ていました。と、そのとき、あるものを見つけました。それは、みんながさがしていた、ペッレ＝イエーランのボールでした。そのボールが、雨どいにはさまっていて、朝日《あさひ》にてらされ、まるでラズベリーのように真《ま》っ赤《か》にかがやいていたのです。

「こんなところにあったんだ！」と、チビにいちゃんはおもいました。「こいつをもって帰れば、あいつ、きっとよろこぶぞ」

チビにいちゃんは、はらばいになり、旗《はた》の棒《ぼう》をのばして、ボールをつっつこうとしました。ですが、棒《ぼう》が短《みじか》くて、まったくとどきません。

チビにいちゃんは、どうしても、あのボールをすくいださなければ、とおもいました。なぜなら、このボールをなくしたのは、半分《はんぶん》、チビにいちゃんのせいだったからです。

その事件《じけん》は、チビにいちゃんが、クヌッテに「どこまでボールをなげられる？　やねよりもたかく、なげられる？」と、きいたばっかりに、おこってしまったのです。

クヌッテは「もちろんできるさ」とこたえて、ボールを空めがけて、おもいっきりなげました。

すると、ボールは、そのままおちてきませんでした。それから、みんなで、あちこちさがしましたが、とうとう見つけられませんでした。

「おまえのせいだぞ、パトリック」と、友だちのニッペがいいました。「おまえが、あんなことといったからだ」

ペッレ＝イエーランは、すてきなボールをなくされて、がっかりしていました。あのボールは、アメリカに住《す》むペッレ＝イエーランのいとこが、おくってくれたものだったのです。

はらばいになっていたチビにいちゃんは、まわりを見まわしたあと、体をおこしてしゃがみこみました。そして、ななめになったやねを、しゃがんだまま、ゆっくりとくだっていきました。

なんとか、やねのはしまでたどりつきました。あとは、手をのばして、ボールをひろうだけです。

よし、つかめました。ですが、どうやってもどりましょう？

チビにいちゃんは、なん度《ど》も、体のむきをかえようとしたのですが、どこにもつかむところがなかったので、うまくできませんでした。ちょっとでも立ちあがろうとすると、ツルツルしたやねから、おっこちそうになるのです。

下をのぞきこむと、庭《にわ》が見えました。地面《じめん》は、はるか下です。まえに、パパが「やねからおちて、けがをしないのは、ねこだけだ」と、いったのをおもいだしました。もし、チビにいちゃんが、ここからおちたら、きっとけがをするでしょう。

だれかが庭《にわ》にきてくれれば、たすけをもとめることができるのですが、そんな人は、どこにもいません。そこで、チビにいちゃんは、そのままの体勢《たいせい》で、やねのふちにそって、横《よこ》にいどうしはじめました。ちょっとこわかったので、ゆっくりと、すこしずつ。

やっとのおもいで、となりのマンションのすぐちかくまでたどりつきました。すると、かたわらに、一列《いちれつ》のすのこのようなものが、やねのてっぺんにむかってのびているのを見つけました。これをつかみながらのぼれば、上までもどれそうです。

「ふう」チビにいちゃんは、いきをついて、ボールを口にくわえました。

ボールは、テニスボールよりも小さかったので、口を大きくあけられるチビにいちゃんは、くわえることができたのです。

やねのてっぺんにもどると、チビにいちゃんは、のこしてきた旗《はた》をひろいあげ、はしごをおりようと、はねぶたのところへいきました。

ところが、どうしたことでしょう！　はねぶたが、ひらきません。どんなに引っぱりあげても、びくともしないのです。はねぶたは、とてもおもたくて、チビにいちゃんの力では、もちあげられなかったのです。

さあ、どうしましょう。どうやっておりる？　チビにいちゃんは、ベラおばさんのたんじょう日のことをおもいだしました。みんなが、ベラおばさんの部屋《へや》で、パーティーをしているあいだ、自《じ》分《ぶん》は、ずっとここに、いなければならないのでしょうか？　みんなといっしょにうたったり、クッキーを食べたりできないのでしょうか？　あのすてきなプレゼントをわたすことは、できないのでしょうか……？

「あれ？　そういえば、プレゼント、どうしたっけ？」と、チビにいちゃんはおもいました。

もちろん、むねポケットのなかです。

「なくなってないよな？」

だいじょうぶ。ちゃんとありました。

チビにいちゃんは、むねポケットから、プレゼントをとり出してみました。そして、なかみがこわれていないか、たしかめてみることにしました。プレゼントは、とてもこわれやすいものだったのです。

チビにいちゃんは、はねぶたの上にすわって、プレゼントのつつみをひらきました。だいじょうぶ、こわれていません。むしろ、買ったときよりも、きれいに見えます。

チビにいちゃんのプレゼントというのは、小さな手鏡《てかがみ》でした。でも、ただの手鏡《てかがみ》ではありません。鏡《かがみ》のふちに、バラのつぼみと忘《わす》れな草のもようがついているのです。これをベラおばさんが、よろこばないはずがありません。

チビにいちゃんは、手鏡《てかがみ》を太陽《たいよう》のほうへむけ、その反射《はんしゃ》で、光の点を作りました。光の点は、やねの上を、びゅんびゅんと、すばやくうごきました。えんとつをのぼったり、となりのマンションのかべをはしったり、まどのなかで、まるで炎《ほのお》のようにゆらめいたり。

チビにいちゃんが、きゅうにわらいだしました。というのも、となりのマンションのまどのうちがわに、クロとよくけんかをする、大きな赤毛《あかげ》のねこのプリンスがいて、そのプリンスが、うしろ足で立って、チビにいちゃんがうごかす光の点をつかまえようとしていたのです。

「はっはっはっ、ばかなプリンス！　どうしたって、つかまえられっこないのに！」

チビにいちゃんは、自分《じぶん》が、やねからおりられなくなって、こまっていることなど、すっかりわすれてしまいました。

すると、プリンスのうしろから、だれかがあらわれました。それは、灰色《はいいろ》の髪《かみ》のおさげのおばあさんでした。おばあさんは、ラベンダー色のローブの上に、白いナイトガウンをはおっていて、そのナイトガウンのえりくびには、ケーキに敷《し》くレースペーパーのようなフリルがついていました。

チビにいちゃんは、そのおばあさんのことをしっていました。アグダ・ヘンリクソンさんです。アグダさんは、ちょっとかわった人だと、きんじょでゆうめいでした。なぜなら、アグダさんは、にくやで買うものが、ねこのエサにするホルモンと、自分《じぶん》とだんなさんが食べる、ウシやブタの血《ち》をまぜた黒いソーセージだけだ、という、うわさだったからです。

まえに、クヌッテが、道で、アグダさんによびとめられて「おまえんとこのねこが、これいじょう、うちのプリンスをいじめるなら、ねずみのどくエサをくわせるからね！」と、いわれたこともありました。

まどべにあらわれたアグダさんは、やねの上のチビにいちゃんに気がつくと、しばらくじっと見つめていました。それから、頭をふって、目をこすると、もう一度《いちど》、しばらくチビにいちゃんを見つめました。そして、とつぜん、ガンッと、いきおいよく、まどをあけると、大きな声をあげました。

「いったい、なに？　あんたは、だれ？　どっからきたんだい？　そこで、なにやってるんだい？」

チビにいちゃんは、一度《いちど》にたくさんしつもんされたので、すぐにこたえられませんでした。そこで、手鏡《てかがみ》をむねポケットにしまうと、立ちあがって、旗《はた》をもちあげました。

「ぼく、ここで、旗《はた》をかかげてるんです」と、チビにいちゃんはいいました。

アグダさんは、部屋《へや》のほうをふりかえっていいました。

「ヨハン、おきて！　ちょっときてちょうだい！　なんかおかしなものがいるの。こんなもの見たことがない！」

「なんかおかしなものって、なんだろう？」と、チビにいちゃんはおもいました。

自分《じぶん》が、アメリカ・インディアンのかっこうをしているからでしょうか？　アグダさんは、これまで、こんな服《ふく》を見たことがないのでしょうか？

「この服《ふく》は、ママが作ってくれたんだよ」と、チビにいちゃんはいいました。「それから、頭の羽《はね》かざりは、ブリマーおばさんがくれたんだ」

「ヨハン！　なんかおかしいものが、へんな服《ふく》をきてますよ！」と、アグダさんはいいました。「それが、やねの上にいるの！　ヨハン、きいてる？　それで、旗《はた》をかかげてるの、朝の六時《ろくじ》に！　こんなことって、ある？　いったい、どんな親だろ？　子どもに、こんなことをさせるのは！」

するとこんどは、赤いふちどりのパジャマをきた男の人が、まどべにあらわれました。ヨハンさんでした。ヨハンさんは、まだねむそうでした。

「ありゃ、男の子だ。ちっこい男の子だ」と、ヨハンさんがいいました。「おぅい、そこのわかいの。すぐにそこからおりなさい。そこは、おまえさんのような、小さい子がいる場所《ばしょ》じゃないぞ」

ヨハンさんの声が、しんぱいそうだったので、チビにいちゃんの元気《げんき》も、きゅうにしぼんでいきました。

「だめなんです！」と、チビにいちゃんはいいました。「はねぶたが、しまっちゃって！」

「ヨハン、きいた？　あの子、やねの上にしめだされたのよ」と、アグダさんがいいました。

「はねぶたをあげてくれませんか？」と、チビにいちゃんはいいました。

「あなた、いくひつようないわ」と、アグダさんがいいました。「あんなところからおちたら、しんじゃうわよ。あぁ、かんがえただけでも、くらくらしちゃう。ね、あなた、いきませんよね？」

「そんなことしないさ、軽業師《かるわざし》じゃあるまいし」と、ヨハンさんはいいました。「だが、あの子をこのままほうっておくわけにも、いかんだろ」

「じゃあ、しょうぼうしょに電話《でんわ》して、おろしてもらいましょうよ」と、アグダさんがいいました。

チビにいちゃんは、しょうぼうしょときいて「やった！」と、おもいました。

でも、すぐに、ヨハンさんがいいました。

「アグダ、そこのやねまでとどきそうな、はしごがあったかな？」

「あったとはおもうけど……でも、あっちへいったら、もどれなくなりますよ」

「いや、わしがあっちへいくんじゃなくて、あの子が、こっちにくるんじゃよ」

そして、ヨハンさんとアグダさんが見えなくなりました。そこへ、いなくなっていたプリンスが、また、まどべにもどってきて、ひなたぼっこをはじめました。

チビにいちゃんは、かた手にボール、もうかたほうの手に旗《はた》をもって、またその場にしゃがみこみました。

「ちょっと短《みじか》いかな？」ヨハンさんの声が、きこえてきました。「いや、できるだけ身《み》をのり出して、しっかりとおさえてれば、うまくいくじゃろ」

そして、ヨハンさんが、はしごをもってあらわれました。

「ほれ、きたぞ！」と、ヨハンさんがいいました。

まどから、にゅっと、さしだされたはしごは、空中《くうちゅう》で、半分《はんぶん》、ぷらんぷらんとゆれていました。それは、のばせばはしごになる、短《みじか》い脚立《きゃたつ》でした。ヨハンさんは、脚立《きゃたつ》をのばして、一本《いっぽん》のはしごにすると、チビにいちゃんのいるやねへわたしました。

「そんなの、うまくいくはずないわ」と、アグダさんがいいました。「ねえ、ヨハン。きっと、おちちゃうわよ」

それを見たチビにいちゃんは、また、やねのはしまで、ゆっくりとおりていきました。

「さきに旗《はた》をうけとって」と、チビにいちゃんがいいました。「これをもったままじゃ、わたれないから」

「旗《はた》なんて、どうでもいいじゃないの。そんなもの、すててしまいなさい」と、アグダさんはいいました。「さ、気をつけて。しっかりつかまるのよ。おちないようにね。うしろに体重《たいじゅう》をかけちゃだめ。下を見てもだめ。くらくらしちゃうからね」

ヨハンさんが手をのばして、旗《はた》をうけとってくれました。そこで、チビにいちゃんは、もう一《いち》度《ど》、口にボールをくわえ、はしごに足をかけました。すこし、ぐらぐらしましたが、なんとか、わたれそうです。

「あなた、がんばって！　ねえ、しっかりささえてる？　あぁ、なんて重《おも》い子なの！　だいじょうぶ？　あぁ、ヨハン！　あなた、高血圧《こうけつあつ》なのに！」

「だいじょうぶ、だいじょうぶだ」と、ヨハンさんはいいました。「よおし、いい子だ！　あと一《いっ》歩《ぽ》。よし、よしよし。さ、わしのかたにつかまって、そのままのっかりなさい。わしは、はしごをはなすことができんから。そう、そうだ。……おっと！　しまった。だが、うまくいった」

チビにいちゃんが、ちょうど、ヨハンさんの家のゆかに着地《ちゃくち》したとき、わたしていたはしごが、トタンやねからすべって、バーン！　と庭《にわ》のまんなかにおちました。

「あなた！　はしごは!?」と、アグダさんがさけびました。

「あぁ、もう、はなしちまったさ」ヨハンさんは、ひたいのあせをぬぐいながらいいました。「だが、はしごには、なにものっちゃいない。たきつけの木ぎれになっちまったがな」

「たきつけの木ぎれ？　どうしてそんなものが？　うちには、ガスがあるのに」と、アグダさんはいいました。

「まあまあ、はしごをおとしちまったことは、ゆるしてくれ。もう手に力がのこってなかったんだ」

「いいや、おじさんは、とっても力もちだったよ」チビにいちゃんは、感心《かんしん》していいました。「きっと、はねぶただって、あげられたんじゃないかな」

　すると、アグダさんがいいました。

「さ、まずは、あのきたないやねから、たすけてもらったおれいを、ちゃんといったらどう？」

　チビにいちゃんは、頭をさげて、おれいをいうと、ふたりとあくしゅをしました。

「やねの上は、たのしかったよ。でも、ここからどうやって帰ればいいかな？」と、チビにいちゃんはききました。

「それなら、なんとかしよう、アメリカ・インディアンのシッティング・ブルどの」と、ヨハンさんはいいました。「その服《ふく》をきてるときは、そうよばれてるんだろ？」

「ちがう、ブラック・パンサーっていうんだ。でも、クヌッテだけが、スポッティッド・テイル、なんていうんだけど」

「わしは、いつでも、シッティング・ブルだったがなぁ」ヨハンさんは、ガウンをはおりながらいいました。「ただ、そんなはでな服《ふく》は、もってなかったがね」

「おじさんも、おんなじことしてたの？」チビにいちゃんは、目をまるくしてききました。

「男の子だったら、だれだってやるさ」と、ヨハンさんはいいました。「ところで、おまえさん。やねなんかにのぼって、なにしてたんだね？」

　そこでチビにいちゃんは、ベラおばさんのたんじょう日のこと、プレゼントのこと、そして、旗《はた》のことや、えんとつのこと、それからボールのことまで、ぜんぶはなしてきかせました。ただ、それらを順序《じゅんじょ》よくはなせたわけではなく、ヨハンさんのしつもんによって、すこしずつはっきりしていったのですが。

　そのあいだ、アグダさんは、ひざにプリンスをのせて、ゆりいすにこしかけながら「へぇ！」とか「はぁ！」とか「まぁ！」などと、いっていました。

「あなた、こんな話、いままできいたことあって？　子どもが、かんがえることといったら。しらぬがほとけとは、このことね」

チビにいちゃんは、ベラおばさんへのプレゼントの手鏡《てかがみ》を、ふたりに見せてあげました。すると、ヨハンさんは「おぉ、きれいだね」といい、アグダさんも、ちょっとしてから「とってもきれいね」と、いってくれました。

「ぼく、そろそろ帰らなくちゃ」と、チビにいちゃんはいいました。「でないと、家族《かぞく》のみんなが、ぼくなしで、ベラおばさんのところへいっちゃうかもしれないから」

「わかった。じゃあ、ちょっとまて」と、ヨハンさんがいいました。「そうしたら、その旗《はた》をうちのまどにかかげたらどうだい？　ここは、きみのマンションよりもたかいし、通りからも、庭《にわ》からも、よく見えるとおもうよ。わしも、そのおばさんのために、旗《はた》をかかげてやるべきじゃないかな、とおもったんだがね」

「ほんと!?　やったー！」と、チビにいちゃんは声をあげました。「それって、とってもいいかんがえだね、ヨハンさん！」

チビにいちゃんは、ゆりいすにすわっているアグダさんに目をとめました。

「あの、ここに旗《はた》をかかげてもいいですか？」

「そうだった。アグダが、ゆるしてくれるかだ」と、ヨハンさんもいいました。

「まどをわらないようにしてくださいよ！」と、アグダさんはいいました。「さ、プリンス。朝ごはんにしましょう」

プリンスは、アグダさんのあとについて、台所《だいどころ》へいってしまいました。ヨハンさんは、チビにいちゃんを手つだって、旗《はた》の棒《ぼう》を、まどのホックにむすびつけてくれました。旗《はた》は、ふいてきた風に、ひらひらとゆれていました。

それから、ヨハンさんとチビにいちゃんは、マンションの部屋《へや》から出ました。すると、ヨハンさんが、チビにいちゃんに「エレベーターで、おりてみるかい？」と、きいてくれました。

「うん！　エレベーターって、空をとぶような感《かん》じなんでしょ？」

ブリマーおばさんのふるいマンションには、エレベーターがついていなかったので、チビにいちやんは、いままでのったことがなかったのです。

ふたりは、エレベーターにのって、一階《いっかい》までおりました。

「おもしろかったかい？　じゃあ、もう一回《いっかい》、のってみよう」と、ヨハンさんはいってくれました。

チビにいちゃんは、とってもよろこびました。

そして、ふたりは、一番上《いちばんうえ》の六階《ろっかい》まであがっていって、また、一階《いっかい》へおりていきました。そのとき、チビにいちゃんは「なんか、いっしゅん、おなかが、ふわってした！」と、いいました。

「じゃあ、またあとで、旗《はた》をとりにおいで」と、ヨハンさんはいいました。「だが、もう二度と、やねの上にのぼっちゃいけないよ」

チビにいちゃんは、ヨハンさんとわかれると、はしって家へ帰りました。そして、階段《かいだん》をかけあがっていくと、ちょうど、パパやママやみんなが、トレイとプレゼントをもって、上からおりてくるところでした。家族《かぞく》のみんなは、もうチビにいちゃんは、さきにベラおばさんのところへいっているにちがいない、とおもっていたのです。

「ぼくね、やねの上にいたんだ……」と、チビにいちゃんは、しゃべりだしましたが、みんなは、バタバタと階段《かいだん》をおりていたので、だれも話をきいてくれませんでした。

ベラおばさんの部屋《へや》につくと、みんなは、歌とプレゼントをおくりました。ベラおばさんは、とってもおどろいて、とってもよろこんでくれました。

チビにいちゃんは、だれのプレゼントが一番《いちばん》よろこぶかなと、ベラおばさんをじっと見ていました。そして、どうやら、自分《じぶん》の手鏡《てかがみ》が一番《いちばん》だ、とおもいました。なぜなら、ベラおばさんが、チビにいちゃんに、こう耳うちしてくれたからです。

「こんなすてきな手鏡《てかがみ》、もらったことないわ。わたしが、バラと忘れな草がすきだってこと、おぼえててくれたのね」

おねえさんたちが、みんなのコーヒーをよういしはじめました。そのあいだに、チビにいちゃんは、ベラおばさんを庭《にわ》へつれ出しました。みんなも、なにごとかと、あとからついてきました。

「見て！」チビにいちゃんは、となりのマンションのまどをゆびさしていいました。「あの旗《はた》、ぼくが、ベラおばさんのために、かかげたんだよ！」

それを見たみんなは、いっしゅん、なにがなんだかわけがわからず、ただ、ぽかんと、立ちつく

してしまいました。

「ね？　ぼくの旗《はた》でしょ？」チビにいちゃんは、うれしそうにいいました。

「あれ、ぼくがやったんだ」

「でも、パトリック」と、ベラおばさんがいいました。「あれ、どうやったの？　あそこって、ヘンリクソンさんちじゃない？　あそこの人って、わたしたちや、うちのねこたちを、とってもきらってるのよ。その人に、わたしのために旗《はた》をかかげてくれって、おねがいしたの？」

「あのね、ぼく、さいしょに、うちのやねにのぼったの」と、チビにいちゃんがいいました。

「やね!?」ママの顔が、さっと青ざめました。「じょうだんでしょ、パトリック？　そんなこと、できっこないもの」

「いや、そうでもなさそうだ」と、パパがいいました。「本人《ほんにん》がそういうんだから、きっと、ほんとなんだろう。おや？　あそこに、おちてるものはなんだ？」

「あ、あれは、ヘンリクソンさんちのはしごだよ」と、チビにいちゃんはいいました。「ぼくは、あれで、うちのやねから、ヘンリクソンさんちのまどに、はいってったんだ。それで、さいごに、ヨハンさんが、おとしちゃったんだよ。でも、ぼくは、おちなかったよ。だって、そのときには、もう、ヘンリクソンさんちにはいってたからね。ありゃりゃ、あのはしご、こわれちゃってらぁ」

「パトリック」と、ママがいいました。「おねがいだから、さいしょから、ぜんぶはなしてちょうだい」

「ねえ、コーヒーが、さめちゃうわ」と、ミッレがいいました。

そこでみんなは、ベラおばさんの部屋《へや》にもどりました。チビにいちゃんも、しぶしぶもどりました。ほんとうは、もっと旗《はた》を見ていたかったし、ベラおばさんなら、もっといっしょにながめてくれるだろうと、おもっていたのです。

そのあと、みんなは、チビにいちゃんをしつもんぜめにして、すこしずつ、けさの事件《じけん》のことを理解《りかい》していきました。チビにいちゃんが、なにをしようとしていたかが、わかったとき、みんなは、食べていたケーキやクッキーをのどにつまらせてしまったことは、いうまでもありません。

その日の午後《ごご》、ママが、にくやさんへいったとき、アグダさんとばったりとあったので、ママは、ことのしだいをさらにくわしくしることができました。そして、それをきいたパパは、マンションのやねうらの、やねへとつづくはしごをのぼって、はねぶたに、大きな南京錠《なんきんじょう》をかけてしまいました。

いらい、えんとつそうじの人は、仕事《しごと》にくるたびに、ブリマーおばさんから、南京錠《なんきんじょう》のカギを、うけとらなければならなくなりました。

# 5　チビにいちゃんと　馬のロッタ

ある日、ママは、きょうだいの下の三人《さんにん》に、あたらしくパジャマを作るため、お店に生地《きじ》を買いにいくことにしました。O《オー》ちゃんは「いっしょにいく」といい、チビにいちゃんは「いかない」と、いいました。パジャマの生地《きじ》を見にいくだけなんて、たいしてわくわくしなかったのです。それより、庭《にわ》であそんでいるほうが、よっぽどたのしそうでした。

「でも、ぼくのパジャマを、花がらとかにしないでよ。しましまでいいから」と、チビにいちゃんはいいました。

ラルソン家には、代々《だいだい》うけつがれている、一着《いっちゃく》の花がらのパジャマがあって、それは、さいしょ、ミッレのために作られたのですが、つぎつぎと、下の子へおさがりとなり、クヌッテやチビにいち

やんは「花がらなんて、やだ！」と、断固《だんこ》としてきるのをいやがっていました。

ママは、わらって「わかったわ。ちゃんと、しまもようの生地《きじ》を買ってくるから」と、いいました。

「でも、いい？」ママは、ねんをおすようにいいました。「庭《にわ》でいい子にしてあそんでるのよ。通りには、出ちゃだめ。あ、それから、これ、ロッタにあげる角砂糖《かくざとう》。さみしがらないように、すこしなでてあげなさい。庭《にわ》であそぶのにあきたら、ベラおばさんのところにでもいきなさいね」

チビにいちゃんは、ママとO《オー》ちゃんといっしょに、家の門までいきました。すると、そこへ、ニッペと、ペッレ＝イエーランと、マルガレッタがやってきました。

「やあ」と、チビにいちゃんはいいました。

「やあ」と、三人《さんにん》もいいました。

「あら、ちょうどよかったじゃない」と、ママはいいました。「これで、あそびあいてができたわね。じゃあね」

子どもたちは、すぐに、いつものあそび場である、庭《にわ》のものおき小屋《ごや》へむかいました。そこには、ふるい荷車《にぐるま》やみどり色のベンチ、それから、ブリマーおばさんが、チビにいちゃんとO《オー》ちゃんのためにつけてくれた、なわのブランコがありました。そこへいけば、いつも、なにかしら、あそぶことが見つかるのです。

「わたし、ブランコにのりたい」と、マルガレッタがいいました。

「じゃあ、ぼくは、さきに、ロッタに角砂糖《かくざとう》をやってくるよ」と、チビにいちゃんはいいました。

すると、ほかの三人《さんにん》も、馬小屋《うまごや》についてきました。馬小屋《うまごや》では、ロッタが、ブルブルと、鼻《はな》をならして、足ぶみをしていました。

もう一頭《いっとう》の馬、ラーバンは、いま、馬小屋《うまごや》にいませんでした。ラーバンは、ヴィクボランデットに住《す》む、パパのしりあいに、春の農作業《のうさぎょう》のため、一週間《いっしゅうかん》、貸《か》し出されていたのです。そして、きょう、パパは、たまたま馬をつかう用事《ようじ》がなかったので、ロッタは、そのまま馬小屋《うまごや》にいたのでした。

出かけずにすんだロッタは、馬小屋《うまごや》で、すきなだけ食べたり、やすんだりできたはずなのですが、それは、ロッタの性格《せいかく》にはむいていませんでした。ロッタは、むかしから、こうきしんがつよくて、じっとしているのが、にがてだったのです。

ラッセは、学校《がっこう》から帰ってくると、たいていロッタを運動《うんどう》させました。庭《にわ》のなかを、ぐるぐるとあるかせたのです。もし、そのとき、チビにいちゃんもいたら、ロッタにのせてくれました。おちないように、いっしょにあるいてくれながら。

「チビは、馬《うま》にのるのが、じょうずだな」ラッセもパパも、そういってくれます。

それでも、ラッセが、よこについてあるくのは、用心《ようじん》のため、ということでした。

「おまえは、いいな。しょっちゅう、こいつにのれて」ペッレ＝イエーランは、そういって、チビにいちゃんが角砂糖《かくざとう》をやっているあいだ、すこしおっかなびっくりしながら、ロッタをなでていました。

「え？　馬にのれるの？」と、マルガレッタがききました。

「もちろん、のれるさ」チビにいちゃんは、むっとしていいました。「きのうだって、ずっとのってたんだぞ。きょねん、いなかにいったときなんか、まいにち、のってたんだから」

「じゃあ、のってみせてよ」と、マルガレッタがいいました。

「ここで、のれるはずないだろ」と、チビにいちゃんはいいました。

「じゃあ、庭《にわ》に出してみようよ」と、ニッペがいいました。

「だめだよ。馬を出していいのは、パパかラッセにいさんだけなんだ。あ、あと、パパの工場《こうじょう》のリンドキストさんもだけど」

「ほんとは、のれないから、そんなこといってるんでしょ？　ゆうきがなくて」マルガレッタが、からかいました。

「ばかにすんな！」チビにいちゃんは、かっとなっていいました。

「パトリックは、馬にのれるぞ」ペッレ＝イエーランが味方《みかた》しました。「それに、おれだってのれる。ラッセが、二回《にかい》、のせてくれたから。なあ、パトリック、マルガレッタに、おれたちが馬にのれるってとこ、見せてやろうぜ。だから、ちょっとだけ、ロッタを出してみようよ。いいだろ？ほら、ロッタだって、足ぶみして、うずうずしてる。かわいそうだよ。な？　ロッタ、おまえも、庭《にわ》へ出たいよな？」

チビにいちゃんは、いっしゅん、ためらいましたが、そのまよいも、すぐにきえました。マルガレッタに、ばかにされたままで、いられるものですか。それに、チビにいちゃんは、パパたちが、馬を馬小屋《うまごや》から出すのを、なん度《ど》も見ていたので、やりかたをちゃんとしっていたのです。

そこで、チビにいちゃんは、馬小屋《うまごや》のなかにはいっていって、まず、柵《さく》のフックをはずしました。すると、ロッタは、あとずさりして、頭をあげました。つぎに、チビにいちゃんは、ロッタのわきばらを、パンパンとたたき、おとなのようなひくい声で「さ、出るぞ」と、いいました。

ロッタは、よろこんで柵《さく》から出ると、馬小屋《うまごや》のとびらのほうへあるいていきました。チビにいちゃんは、しっかりと手綱《たづな》をにぎったまま、ロッタといっしょに小ばしりしました。

マルガレッタは、さっと、うしろにとびのきました。荷車《にぐるま》につながれていない馬にちかよるのは、ちょっとこわかったのです。アルデンネ種《しゅ》の馬、ロッタって、まぢかで見ると、なんて大きいのでしょう！

ロッタが庭《にわ》へ出ました。ロッタは、うれしくてたまらないようすで、庭《にわ》のなかをトコトコはしりだしました。

「どうだ、マルガレッタ」ペッレ＝イエーランが、勝《か》ちほこったかのようにいいました。「これでも、ゆうきがないっていうのか？　パトリックは、庭《にわ》に出したぞ」

「でも、まだ、のってないわ」マルガレッタは、ふまんそうにいいました。

「でも、このままじゃ、のれないよ」チビにいちゃんは、うずうずしているロッタをひっしにおさえながらいいました。「いつもなら、ラッセにいさんが、もちあげてのせてくれるんだ」

　そのとき、ロッタが、ごみバケツのよこで立ちどまりました。じゃりのあいだに生えている雑草《ざっそう》を食べはじめたのです。それを見たチビにいちゃんは、いいことをおもいつきました。すぐに、そばにあった一ばん大きなご

みバケツによじのぼると、ロッタのくらに、とびのったのです。

「ほうら、のれたぞ！　見たか！」と、チビにいちゃんはさけびました。

「ほら、見ろ！　のれてる！」と、ペッレ＝イエーランもいいました。

「これで、わかっただろ？」と、ニッペもいいました。

「でも、まだ、はしってないわ。立ってる馬にのるだけだったら、だれにでもできる」と、マルガレッタはいいました。

そこで、チビにいちゃんは、ロッタのたてがみをかた手でしっかりつかむと、もういっぽうの手で、ロッタをかるくたたきました。すると、ロッタは、すこしもいやがらずに、タッタカと、はしりだしました。

ただ、それは、いつもラッセが、よこについていてくれるときのような、やさしいはしりかたではありませんでした。とんだり、はねたり、きゅうに立ちどまったりして、チビにいちゃんは、あやうくおっこちるところでした。

「どうどう、どうどう」チビにいちゃんは、ラッセの声ににせて、ロッタをなだめました。

すると、その効果《こうか》があって、ロッタは、すぐに速度《そくど》をおとしました。チビにいちゃんは、そのまま庭《にわ》を二周《にしゅう》しました。ニッペとペッレ＝イエーランは、そのあいだ、ずっとあとをおいかけていました。マルガレッタは、庭《にわ》のまんなかで、三人《さんにん》をじっと見ていました。

「あと一周《いっしゅう》したら、ロッタをもとにもどそう」と、チビにいちゃんはおもいました。

そのとき、ロッタは、たまたま、門のちかくにいました。そこへ、べつの馬が門の外をとおりすぎていきました。それは、はん点のある灰色《はいいろ》のやせた馬で、ジャガイモのふくろをつんだ荷車《にぐるま》を引いていきました。さいきんは、荷馬車《にばしゃ》がすくなくなっていたので、馬が通りをはしってくることは、めったにありませんでした。

すると、それを見た、こうきしんのつよいロッタは「ヒヒーン！」と、いなないて、チビにいちゃんをのせたまま、とつぜん、門にむかってはしりだしました。

「わわわ！」と、チビにいちゃんはさけびました。「とまれ、ロッタ！　とまれ！　こらっ！　通りに出ちゃだめだ！」

ところが、ロッタは、とまる気がなさそうでした。そもそも、ラーバンいがいの馬を見ることが、あまりなかったので、ほかの馬のことが、しりたくてたまらなかったのです。

チビにいちゃんが、いくら、たたいたり、声をあげたりしても、むだでした。ロッタは、そのまま門をぬけると通りへとび出し、どんどん坂《さか》をくだっていく灰色《はいいろ》の馬をおいかけはじめました！

「ヒヒーン！」ロッタは、またいないて、通りをはしりだしました。

ペッレ＝イエーランとニッペとマルガレッタは、さいしょ、なにがおこったのか、まったくわからず、ただ、ぼーっとしていました。そして、やっとわれにかえって、いそいで門までかけつけると、ロッタは、もう、おいつくことができないほど、はるかとおくへいってしまっていました。

そこで、ペッレ＝イエーランは、すぐさま、ベラおばさんのクリーニングやさんにかけこみました。

「おばさん！」ペッレ＝イエーランは、息《いき》をきらしていいました。「ロッタが、パトリックをのせたまま、通りをはしっていっちゃった！」

「え!?　なんですって？」ベラおばさんは、もっていたシーツを洗濯《せんたく》かごにほうりこむと、お店からとび出しました。

「ほら、あそこ！」と、ペッレ＝イエーランがいいました。

「あそこ！　あそこ！」と、ニッペとマルガレッタも大声《おおごえ》でいいました。

坂《さか》をくだった、はるかとおくのほうに、チビにいちゃんをのせたロッタと、それをとめようとする人たちが見えました。

「まあ、なんてこと！」

ベラおばさんの顔が、さっと青ざめました。見ると、お店のまえに、一台《いちだい》の自転車《じてんしゃ》がとまっていました。それは、子ども用の自転車《じてんしゃ》でしたが、いまは、とやかくかんがえているひまなどありません。ベラおばさんは、自転車《じてんしゃ》のハンドルをにぎると、スカートをたくしあげ、ペダルをいきおいよくふみこんで、目のまえの坂《さか》を、もうスピードでくだっていきました。

おとなのベラおばさんが、子ども用の自転車《じてんしゃ》にのるすがたは、なんともこっけいでした。風が、うわぎにふきこんで、ふうせんのようにふくらみ、わきが、船の帆《ほ》のように、バタバタとはためいています。

ベラおばさんが、坂《さか》をくだっているとちゅう、チビにいちゃんをのせたロッタは、はるかさきの通りの角をまがって見えなくなりました。

　そのころ、チビにいちゃんは、もうロッタをたたいたり、しかったりするのをやめていました。ロッタにしがみついているだけで、精一杯《せいいっぱい》だったのです。

　ロッタは、ものすごいいきおいではしっていました。通りの人たちは、はしってくるロッタを見ると、なんとかとめようとしたり、車で道路《どうろ》をふさごうとしたりしました。ロッタは、はしるのをじゃまされると、おこったように鼻《はな》をならし、道路《どうろ》から歩道《ほどう》へあがってはしりつづけました。

　たくさんの人が、さけび声をあげました。

「馬だ、馬だ！」

「馬が、にげだした！」

「気をつけろ！　だれか、つかまえられないのか！」

「ああ！　子どもがのってる！」

「どこからきたんだ？」

「はやく、あの子をたすけないと、おちてしまうぞ！」

でも、ちかごろは、馬のあつかいかたをしっている人がすくなかったので、だれも、なにも、することができませんでした。

「おーい、きみ！　馬を歩道《ほどう》からおろせ！　そこは、馬がはしるところじゃないぞ！」みんなが、チビにいちゃんにむかってさけびました。

もちろん、チビにいちゃんは、馬が、歩道《ほどう》をあるいてはいけないことをしっていました。ですが、いっぽうで、自分《じぶん》みたいな男の子は、歩道《ほどう》をあるかなければならない、ということもしっていました。それに、歩道《ほどう》にいるほうが、まだ安全《あんぜん》なようにおもえたので、ロッタをそのままにさせておきました。でも、どっちにしろ、チビにいちゃんには、どうすることもできなかったのです。

「ブルルルル」

ロッタは、鼻《はな》をならしました。まるでわらっているかのようです。

ロッタは、とうとうさっきの灰色《はいいろ》の馬においつきました。そして、足ぶみしながら、身《み》もだえしはじめました。チビにいちゃんは、右に左にゆさぶられ、いまにもおっこちそうになりました。

ロッタは、灰色《はいいろ》の馬にちかづいていき、自分《じぶん》の鼻面《はなづら》を、あいての鼻面《はなづら》にこすりつけました。ところが、灰色《はいいろ》の馬には、めいわくだったようで、おこったように歯《は》をむきだして見せました。荷馬車《にばしゃ》にのっていたおじさんにも、めいわくだったようで、ロッタを見ると「わっ！　なんだこいつ、あっちいけ！」と、さけんで、ムチでロッタをたたきました。

「ヒヒン！」

ロッタは、びっくりして、ちょっとうしろにさがりましたが、どうじに、かっとしました。いままで、こんなあつかいをされたことがなかったのです。

「ロッタをたたくなんて、ひどい！」チビにいちゃんが、ロッタの上からさけびました。「それにこの馬、ロッタにかみつこうとした！」

でも、灰色《はいいろ》の馬と荷馬車《にばしゃ》のおじさんは、すぐに見えなくなりました。というのも、ロッタがくるりとむきをかえて、べつの通りへはいっていったからです。ロッタは、まだこうふんしているようで、通りをじぐざぐしながら、鼻息《はないき》あらくすすんでいきました。

通りの人たちは、ロッタがあらわれると、ひめいをあげて、出てきたドアや、店のなかへにげこんでいきました。

「ロッタ、もどれ！　家にもどれ！」チビにいちゃんは、ロッタにそうさけびましたが、家がどっちにあるのか、自分《じぶん》でもわかっていませんでした。

それに、ずっと馬にゆられていたせいで、頭がくらくらするし、おしりがひりひりします。手は、ロッタのたてがみに、ひっしにつかまっていたので、じんじんしていましたし、さらに、どこかで、かぶっていたぼうしをおとしてしまったようです。

と、そのとき、通りのむこうから、一台《いちだい》の車があらわれ、ロッタのほうへまっすぐはしってきました。チビにいちゃんは「わっ！」といって、目をつぶりました。でも、ロッタは、さっと道のわきによけて立ちどまり、すれちがっていった車をにらみつけました。

そのあと、ロッタは、はしらずに、ポックリポックリと、あるきだしました。おかげで、チビにいちゃんは、こわくなくなりました。ロッタが、これくらいですすんでくれれば、たてがみにつかまる手を、かたほうずつ、やすませることができます。体のあちこちがいたくなかったら、もっと乗《じょう》馬《ば》をたのしめたでしょうに。

通りの人たちは、目を大きくひらき、びっくりした顔で、チビにいちゃんを見ていました。

チビにいちゃんは、にこにこ顔でした。

「きっと、みんな『あの子は、馬ののりかたをちゃんとしってるんだ』って、おもってるんだろうな」と、かんがえていたのです。

チビにいちゃんは、ロッタにのったまま、たくさんのすてきなお店のまえをとおりすぎ、たくさんのすてきな車やバスを見ました。

ロッタのひづめの音が、通りにひびいています。

カツカツカッツン、カツカツカツ。カツカツカッツン、カツカツカツ。

チビにいちゃんには、その音がまるで「チビにいちゃんの、おとおりだ。ぼくらが町を、見にきたぞ」と、なっているかのようにきこえました。

すると、そのとき、チビにいちゃんは、自分《じぶん》がいま、どこにいるかがわかりました。ここは、ママがよくいく、花と野菜《やさい》の市場《いちば》です。これまでなん度か、ママときたことがあります。きょうは、ここにくるのに、ぴったりの天気《てんき》でした。赤や緑《みどり》や黄色《きいろ》のあざやかな花や野菜《やさい》が、まるでちりばめられた、色とりどりの羽毛《うもう》のように見えました。あちこちにおいてある、バケツやカンには、チューリップやスイセンやクロッカスなどがささっていて、その花々《はなばな》に春のあたたかい陽《ひ》があたり、きらきらとかがやいています。ハトが、バサバサッと、はばたいて、空にまいあがっていきました。どこを見ても、すがすがしい感《かん》じがします。

ロッタも、おなじ気持《きも》ちだったにちがいありません。ロッタは、ゆっくりと、市場《いちば》のなかへはいっていきました。

市場《いちば》の人たちが、ひめいをあげてにげだしても、ロッタは、まったく動《どう》じず、いろいろなものを売り買いしている人たちのあいだをあるいていきました。そして、ある屋台《やたい》のまえで立ちどまると、はこにはいっていた、リンゴを食べはじめました。

「こらっ！　なにさせてんだい！　その馬をとっととどかしな！」屋台《やたい》のおばさんが、あわてて、リンゴのはこをとりあげました。

「そこのおまえ！」屋台《やたい》のおばさんは、チビにいちゃんにむかっていいました。「こんなところに馬ではいってきて、なにしてんだい？」

チビにいちゃんは、リンゴをぬすみ食いしたロッタをはずかしくおもって、ロッタをしかりつけました。でも、ロッタは、へいきな顔で、口のなかのリンゴを、ボリボリかみながら、さきへすすんでいきました。

つぎに、ロッタは、花やの屋台《やたい》のまえで立ちどまりました。そして、バケツにささっていた、スイセンと白樺《しらかば》の小枝《こえだ》の葉っぱを、またムシャムシャと食べはじめました。それも、こんかいは、ちょっとではなく、けっこうな量《りょう》を食べてしまったのです。

それに気づいた花やのおじさんは、あわててロッタの手綱《たづな》をにぎると「おい、こら！　だれか、けいさつをよべ！　この馬をしまつしろ！」と、さけびました。

まわりから、たくさんの人があつまってきました。

「だれか、おまわりをよんでくれ！　おれは、こいつをおさえてる！」と、花やのおじさんはいいました。

　ロッタは、口のはしからスイセンをはみ出させながら、いたずらっ子っぽい目で、花やのおじさんを見つめていました。

「これ、うちの馬なんです」と、チビにいちゃんがいいました。「ロッタをつれていかないでください！」

「おまえのロッタだろうと、なんだろうと、うちの花を食いちらかすことは、ゆるさん！」と、花やのおじさんはいいました。

　そのとき、おまわりさんが、かけよってきました。と、どうじに、べつのほうがくからも、ものすごいスピードで、もうひとり、だれかがやってきました。大きな赤いエプロンをなびかせて、子ども用の自転車《じてんしゃ》にのっています！

「ベラおばさん！」と、チビにいちゃんはさけびました。

　ベラおばさんは、急《きゅう》ブレーキをかけ、とまろうとしました。ところが、自転車《じてんしゃ》が小さすぎたので、バランスをくずし、自転車《じてんしゃ》からころがりおちてしまいました。

「やれ、こんにちは」ハアハアいきをきらしたベラおばさんは、ひっくりかえったまま、まわりの人たちにいいました。「だれか、すみませんが、その馬をとめて、それから、わたしを、おこしてくださいません？」

ロッタが、耳を、ぴくりとさせて、頭をおこしました。ベラおばさんの声に気がついたのです。

ロッタは、ベラおばさんから、しょっちゅう角砂糖《かくざとう》をもらっていたので、ベラおばさんのことが大すきだったのです。

ロッタは、くいっと首をまげ、花やのおじさんの手から手綱《たづな》を引きはなすと、ベラおばさんのほうへいって、会えてうれしいといった感《かん》じで、ベラおばさんのほほに、鼻面《はなづら》をちかづけました。

ようやく、おまわりさんが、群衆《ぐんしゅう》をかきわけ、輪《わ》のまんなかへはいってきました。そして、そこで目にしたものは、ベラおばさんが、チビにいちゃんを、ぎゅっとだきしめているすがたでした。

あばれ馬がいるときいてやってきたのに、そこにいたのは、角砂糖《かくざとう》はないかと、ベラおばさんのエプロンのポケットに鼻《はな》をつっこんでいる、一頭《いっとう》のおとなしそうな馬だけでした。

ベラおばさんは、たくさんの人がいるなかで、おまわりさんから事情《じじょう》をきかれ、わかるかぎりのことをつたえました。

「それで、もし、べんしょうしなければならないものがあるなら、わたしのところに請求書《せいきゅうしょ》をまわしてください」と、ベラおばさんはいいました。「でも、まずは、この子を家に帰してやらなくっちゃ。それに、わたしも仕事《しごと》にもどらないと。さ、パトリック、あるける？　それとも、ロッタにのる？」

「のる」と、チビにいちゃんはいいました。

おまわりさんは、わらっていいました。

「この子は、もう、こりごりってわけじゃ、なさそうだ」

ベラおばさんは、かたほうの手で、ハンドルをにぎって自転車《じてんしゃ》をおし、もうかたほうの手で、手《た》綱《づな》をにぎってロッタを引いていきました。チビにいちゃんは、ロッタにのって、首につかまっていました。もうすっかり、馬にのりつかれていたのですが、あるかないですむとなれば、やっぱり、あるきたくなくなるものです。

ふたりが、西セント＝ピーター通りにつくまでには、だいぶ時間《じかん》がかかりました。家の門のところで、通りを見はっていたマルガレッタとペッレ＝イエーランとニッペは、ふたりを見つけると、手をふって声をあげ、はしってむかってきました。

それを見た、チビにいちゃんは、ベラおばさんにいいました。

「ねえ、おりていい？」

ベラおばさんは、チビにいちゃんを、ロッタからだきおろしてくれました。ひさしぶりに自分《じぶん》の足で地面《じめん》に立つと、なんだかふしぎな感《かん》じです。

「いてて」と、チビにいちゃんはいいました。「おしりが、ものすごくいたいよ」

「それでよかったんじゃない？」と、ベラおばさんはいいました。「ママに、おしりペンペンされなくても、すむんですもの」

「そうかもしれないけど、ぼくがわるいんじゃないよ。ロッタがわるいんだ。きゅうに出てったりするから……」

「でも、ロッタを馬小屋《うまごや》から出したのは、だれかしら？」ベラおばさんは、にっこりしながらいいました。

「そりゃあ、そうだけど……」チビにいちゃんは、うつむきながらいいました。

「でしょ？」ベラおばさんは、そういってわらいました。

チビにいちゃんが、だまりこんでいるところへ、マルガレッタたちが、はしってやってきました。

「おまえ、どこいってたんだよ」と、ペッレ＝イエーランがいきをきらしながらいいました。

「市場《いちば》だよ」と、チビにいちゃんはこたえました。

「馬から、おちなかったのか？」と、ニッペがききました。

「うん、おちなかった」チビにいちゃんはそうこたえると、こんどは、マルガレッタにむかっていいました。「な？　これでわかったろ？　ぼくが、馬にのれるって」

「ええ、わかったわ」マルガレッタは、もうしわけなさそうにいいました。「あなたって、ほんとに、馬にのれるのね！」

（おしまい）

# 訳者《やくしゃ》あとがき

五歳《ごさい》のチビにいちゃんは、元気《げんき》いっぱいな男の子。パパとママ、五人《ごにん》のおねえさんとおにいさん、いもうとのO《オー》ちゃん、それから、ねこのクロと、たのしくくらしています。家族《かぞく》のほかにも、この本には、魅力的《みりょくてき》なおとなたちが、たくさん出てきます。耳がとおいブリマーおばさんは、ラルソン家が住《す》んでいるマンションの大家《おおや》さん。ママのいもうとであるベラおばさんは、おなじマンションの一階《いっかい》で、クリーニング店を営《いとな》んでいます。時計《とけい》やのリリヤさんは、チビにいちゃんの友だちです。きょうだいや近所《きんじょ》の子どもたちだけでなく、周囲《しゅうい》のおとなともかかわりながら、のびのびと成長《せいちょう》していくチビにいちゃんの姿《すがた》は、とてもたくましく、また、うらやましくおもえます。

そして、熱心《ねっしん》な読者《どくしゃ》のなかには『すえっこO《オー》ちゃん』の続編《ぞくへん》があったことに驚《おどろ》いている人もいるかもしれません。ですが、読んでいただくとわかるとおり『すえっこO《オー》ちゃん』では、O《オー》ちゃんは五歳《ごさい》で、チビにいちゃんは七歳《ななさい》。本作《ほんさく》では、O《オー》ちゃんが三歳《さんさい》で、チビにいちゃんが五歳《ごさい》です。

ですので、本作《ほんさく》は『すえっこO《オー》ちゃん』の続編《ぞくへん》ではなく『すえっこO《オー》ちゃん』が、本作《ほんさく》の続編《ぞくへん》なのです。

ここで、このシリーズの全体像《ぜんたいぞう》を整理《せいり》しておきます。ラルソン家のシリーズは、全部《ぜんぶ》で四巻《よんかん》あり、作者《さくしゃ》のエディス＝ウンネルスタッドは、一九四九年に、一巻目《いっかんめ》となる『The Saucepan Journey』を発表《はっぴょう》します。そして、翌年《よくねん》、続編《ぞくへん》の『Pip-Larssons Go Sailing』を、一九五二年に、三巻目《さんかんめ》で、本作《ほんさく》にあたる『Pysen』を出し、それから三年後《さんねんご》に、最後《さいご》の『Little O（すえっこO《オー》ちゃん）』を発表《はっぴょう》したのです（タイトルの表記《ひょうき》は、英語版《えいごばん》）。

ですから、日本《にほん》では、最初《さいしょ》に、シリーズの最終巻《さいしゅうかん》が、一九七一年に、石井桃子《いしいももこ》先生と下村隆一《しもむらりゅういち》先生《せんせい》の訳《やく》によって紹介《しょうかい》され、以来《いらい》、それっきりだった、というわけです。

では、より本作《ほんさく》を楽しめるように、まだ日本《にほん》では紹介《しょうかい》されていない一巻目《いっかんめ》と二巻目《にかんめ》が、どんなお話なのか、簡単《かんたん》にあらすじだけ紹介《しょうかい》しましょう。

一巻目《いっかんめ》の『The Saucepan Journey』では、まだ、ラルソン家は、スウェーデンのノルシェーピングではなく、ストックホルムのせまいアパートでくらしています。子どもが増《ふ》え、部屋《へや》がてぜまになり、まわりから、やかましいと苦情《くじょう》も出てきて、どうしたものかと悩《なや》んでいたところ、パパの異母兄弟《いぼきょうだい》で、ビール工場《こうじょう》のオーナーであるエノックおじさんが、交通事故《こうつうじこ》で亡《な》くなり、ひょんなことから、馬を二頭《にとう》、相続《そうぞく》することになります（それが、ラーバンとロッタです）。

それを機《き》に、ラルソン家は、引っこしを決意《けつい》。馬車《ばしゃ》をキャンピングカーのように改造《かいぞう》し、ラーバンとロッタに引かせて、パパの発明品《はつめいひん》である、音が鳴《な》る鍋《なべ》（The whistling saucepan）を売りながら、ママの生まれ故郷《こきょう》であるノルシェーピングまで旅《たび》をする、というのが、この本のお話です。物語《ものがたり》の最後《さいご》で、クリーニング店を営《いとな》むベラおばさんが住むマンションにたどりつき、とある事件《じけん》から、ラルソン家もおなじマンションの住人《じゅうにん》となります。

二巻目《にかんめ》の『Pip-Larssons Go Sailing』では、一巻目《いっかんめ》から一年後《いちねんご》、ラルソン家は、ベラおばさんの別荘《べっそう》で夏休《なつやす》みを過《す》ごしていたのですが、そんななか、O《オー》ちゃんをのぞくラルソン家のきょうだいが、パパが手に入れてくれた古《ふる》い帆船《はんせん》で、約一ケ月間《やくいっかげつかん》、海へ冒険《ぼうけん》に出かけます。

チビにいちゃんは、まだ小さいから、いってはだめと、家族《かぞく》に反対《はんたい》されるのですが、何度《なんど》もねばって許《ゆる》しをもらうと、船に、アヒルの人形《にんぎょう》と、ベラおばさんちのねこのペルソンをもちこんでしまいます。その冒険《ぼうけん》の途中《とちゅう》で、チビにいちゃんは、デッシに船の旗上《はたあ》げ係《がかり》を任命《にんめい》され、以来《いらい》、旗《はた》をかかげるのが大すきになったのです。

そして、まるでランサム・サーガのような冒険《ぼうけん》をくりひろげながら、いろいろな出会《であ》いや別《わか》れを経験《けいけん》し、無事《ぶじ》、ブルー湾《わん》（本当《ほんとう》は、ブローヴィーケン湾《わん》というのですが、ラルソン家の子どもたちが、まだ小さかったころ、ブローヴィーケン湾《わん》をうまくいえず、ブルー湾《わん》とよぶようになったのです）にもどってきます。

この一《いち》、二巻目《にかんめ》は、三《さん》、四巻目《よんかんめ》と文体《ぶんたい》がちがい、長男《ちょうなん》のラッセが執筆《しっぴつ》（記録《きろく》）しているという形をとっていて（『すえっこＯ《オー》ちゃん』では、ラッセは、絵本《えほん》コンクールでお話を書くくらい、文を書くのが得意《とくい》でしたよね）すべてが、ラッセの目から見た物語《ものがたり》となっているため、内容《ないよう》が少しむずかしく、読者対象《どくしゃたいしょう》が、本作《ほんさく》より高くなっています。

それから、作者《さくしゃ》であるエディス＝ウンネルスタッドについても、すこしふれておきましょう。

エディス＝ウンネルスタッドは、一九〇〇年、フィンランドのヘルシンキに生まれました。十歳《じっさい》のときに、スウェーデンへ移住《いじゅう》し、十一歳《じゅういっさい》のときに、入院《にゅういん》したいもうとのためにお話を書いたことをきっかけに、物語《ものがたり》や詩を書くようになります。その後、ストックホルムの女子校《じょしこう》や、美《び》術学校《じゅつがっこう》で学び、二十四歳《にじゅうよんさい》で結婚《けっこん》。自身《じしん》のむすめを育てているなかで、自分《じぶん》のすきなテーマは〈子ども〉であることに気づき、児童文学《じどうぶんがく》を書きはじめます。

一九三二年に作家《さっか》としてデビューすると、その後、二十冊《にじっさつ》以上の児童文学《じどうぶんがく》を書き、おとな向けの小説《しょうせつ》や詩集《ししゅう》も発表《はっぴょう》しました。なかでも、人気《にんき》があったのが、このラルソン家のシリーズで、スウェーデンでは、一九五〇年に、一巻目《いっかんめ》の『The Saucepan Journey』が映画化《えいがか》され、一九九八年には、テレビドラマ化されました。

一九八二年、ウンネルスタッドは、スウェーデンのユルスホルムで亡《な》くなりました。八十二歳《はちじゅうにさい》でした。

本作《ほんさく》には『チビにいちゃんとO《オー》ちゃん』という姉妹作《しまいさく》があります。もともとの原書《げんしょ》は、一冊《いっさつ》なのですが、日本語版《にほんごばん》は、二冊《にさつ》にして、手に取りやすい形にしました。この本をたのしんでもらえたら、ぜひ、そちらも読んでみてください。

二〇二三年 十月

小宮由

文：**エディス＝ウンネルスタッド**　（EDITH UNNERSTAD 1900-1982）

フィンランド、ヘルシンキ生まれ。10歳のときに、スウェーデンへ移住し、ストックホルムの女子校や、美術学校で学んだ後、24歳で結婚し、1932年に作家としてデビュー。その後、20冊以上の児童文学や、大人向けの小説や詩集も発表した。中でも人気があったのが、本作や『すえっこＯちゃん』（フェリシモ出版）などのラルソン家シリーズで、本国スウェーデンでは、映画化やテレビドラマ化された。

訳：**小宮 由**　（こみや ゆう 1974-）

東京都生まれ。翻訳家。2004年より東京・阿佐ヶ谷で家庭文庫「このあの文庫」を主宰。主な訳書に『マシュマロおばけ』『コレットとわがまま王女』『歌がにがてな人魚』『ヤナギ通りのおばけやしき』『ふたごのカウボーイ』（以上、瑞雲舎）『さかさ町』（岩波書店）『イワンの馬鹿』（アノニマ・スタジオ）など多数。祖父は、トルストイ文学の翻訳家であり、良心的兵役拒否者の故 北御門二郎。

絵：**さこ ももみ**　（佐古 百美 1961-）

東京都生まれ、広島在住。東京学芸大学美術教育学科卒業後、小学校、高等学校教員を経てイラストレーターに。主な作品に『こんなときってなんていう？』シリーズ（たかてらかよ著、ひかりのくに）、『おじいちゃんちのたうえ』『さよならようちえん』『うさぎでうれしいうさぎはうさぎ』（講談社）『はっけんずかん　たべもの』（学研）『ばぁ！』（マイクロマガジン社）など多数。

PYSEN
1955
by EDITH UNNERSTAD

チビにいちゃんのおはなし②

**チビにいちゃんと馬のロッタ**　2023年11月1日初版発行

文◆エディス＝ウンネルスタッド
訳◆小宮 由
絵◆さこ ももみ
デザイン◆井上 もえ
発行者◆井上 みほ子
発行所◆株式会社瑞雲舎
〒108-0074　東京都港区高輪2-17-12-302
TEL 03(5449)0653/FAX 03(5449)1301
印刷・製本◆シナノ書籍印刷株式会社

NDC993 /ISBN 978-4-907613-47-1